Jeunesse

Fleurs d'encre

LES PLUS BEAUX
POÈMES
D'HIER ET D'AUJOURD'HUI

LES POÈTES

Marc Alyn – Jean Anouilh – Antoine Antonucci
Guillaume Apollinaire – Louis Aragon – Antoine-Vincent Arnault
Théodore de Banville – Charles Baudelaire – Raoul Bécousse
Luc Bérimont – Gérard Bocholier – Alain Bosquet
Marie Botturi – Pierre Boujut – Gilles Brulet – Claude de Burine
Hélène Cadou – René Guy Cadou – Maurice Carême
Charles d'Orléans – Pernette Chaponnière – Jacques Charpentreau
Andrée Chedid – André Chénier – Sylvestre Clancier
Clod'Aria – Claude Michel Cluny – Pierre Coran
Tristan Corbière – Charles Cotin – Jean Cuttat – Louis Daubier
Luc Decaunes – Philippe Delaveau – Anne-Marie Derèse
Marceline Desbordes-Valmore – Lucienne Desnoues – Jean-Luc Despax
Robert Desnos – Jehan Despert – Joachim Du Bellay – Micheline Dupray
Ponce-Denis Écouchard-Lebrun – Thomas Stearns Eliot – Paul Éluard
Pierre Ferran – Jean-Pierre Claris de Florian – Maurice Fombeure
Paul Fort – Pierre Gamarra – Théophile Gautier – Jean Guichard-Meili
Luce Guilbaud – Eugène Guillevic – Claude Haller – Vital Heurtebize
Robert Houdelot – Victor Hugo – Francis Jammes – Jean Joubert
Bernard Jourdan – Zohra Karim – Frédéric Kiesel – Marie-Hortense Lacroix
Jean de La Fontaine – Alphonse de Lamartine – Daniel Lander
Jean L'Anselme – Claire de La Soujeole – Patrice de La Tour du Pin
Jean Lestavel – Béatrice Libert – Federico García Lorca – Bernard Lorraine
Robert Mallet – Mathilde Martineau – Maxime-Léry – Ménaché
Pierre Menanteau – Catulle Mendès – Armand Monjo – Michel Monnereau
Jean-Luc Moreau – Wolfgang Amadeus Mozart – Alfred de Musset
Napoléon Bonaparte – Gérard de Nerval – Carl Norac – Norge
Jean Orizet – Catherine Paysan – Claire Poutiers – Jacques Prévert
Jean-Claude Renard – Arthur Rimbaud – Pierre de Ronsard – Claude Roy
Robert Sabatier – Joël Sadeler – Jacqueline Saint-Jean – Pierrette Sartin
Georges Sédir – Déodat de Séverac – Jean-Pierre Siméon
Andrée Sodenkamp – Robert Louis Stevenson – Jules Supervielle
Paul-Jean Toulet – Jacques Turbin – Jean-Pierre Vallotton
Paul Verlaine – Charles Vildrac – François Villon
Voltaire – Liliane Wouters

Choisis et présentés par
JACQUES CHARPENTREAU

LES PLUS BEAUX POÈMES D'HIER ET D'AUJOURD'HUI

Le florilège de Fleurs d'encre

Illustrations :
Bruno Mallart

Un bouquet de poèmes

Chacun d'entre nous connaît des poèmes qu'il aime, beaucoup de poèmes, depuis longtemps.

Ils sont venus jusqu'à nous tout naturellement.

Les premiers, les plus simples, nous ont été chantés par nos parents. Oui, *Dodo, l'enfant do, Cadet Roussel,* ou *Frère Jacques* sont des chansons. Mais une chanson, c'est un petit poème chanté.

Les suivants, nous les avons récités, chantonnés, répétés sans nous lasser, avec des amis, dans la cour ou dans la rue, pour savoir qui allait s'y coller, comme de petites ritournelles *À la vinaigrette* ou à l'*Am stram gram,* sans queue ni tête, sauf la queue du *Petit cochon pendu au plafond.*

Plus tard, devenons sérieux, l'école nous a fait rencontrer des poèmes de vrais poètes, avec un titre et un nom à la fin des vers, et nous les avons lus, écrits, aimés, avec *la fourmi de dix-huit mètres* qui rencontrait *la cigale enchantée tout l'été.*

Et les gens graves nous disent : « À quoi ça sert ? »

Les réponses sont évidentes.

Les premiers, ceux qu'on nous a chantés, à faire rire le bébé que nous étions (ou à l'endormir à l'occasion). Les suivantes, à nous permettre de jouer ensemble, puisqu'il faut bien compter (c'est pour cela qu'on les appelle des « comptines »).

Et les autres ? Ah, les autres...

À rien, évidemment !

Et c'est peut-être cela le plus important, alors que tout le monde veut tout le temps que tout soit toujours utile à tout et à n'importe quoi. C'est tout de même bien agréable dans ce monde où tout semble s'acheter, se vendre, se compter et jamais se donner, de pouvoir répondre : « à rien ». Comme tout ce qui en vaut la peine. Par exemple un véritable ami.

Et les fleurs, est-ce qu'elles servent à quelque chose ? sinon à nous réjouir les yeux. « À rien »... Mais imaginez donc un monde sans amis, sans fleurs, sans parfums, sans couleurs...

Les poèmes sont comme les fleurs. Ils servent à réjouir notre cœur (c'est pourquoi on apprend les plus beaux « par cœur »).

Tout comme on cueille des fleurs pour en faire un bouquet à offrir à quelqu'un qu'on aime, j'ai cueilli des poèmes dans l'immense et merveilleux jardin de la poésie.

J'ai choisi ceux que je préférais parmi les milliers de poèmes publiés dans la collection « Fleurs d'encre » et j'en ai fait un bouquet disposé à mon goût, un bouquet de ces *Fleurs d'encre* qui sont nées sous la plume des poètes, et qui ont les couleurs des rêves, les parfums des mondes imaginaires, et la fraîcheur du grand jardin enchanté de la poésie.

Jacques CHARPENTREAU.

DU SOLEIL ET DES ÉTOILES
DANS LES YEUX

Le chat et le soleil

Le chat ouvrit les yeux,
Le soleil y entra.
Le chat ferma les yeux,
Le soleil y resta.

Voilà pourquoi, le soir,
Quand le chat se réveille,
J'aperçois dans le noir
Deux morceaux de soleil.

Maurice CARÊME

La demoiselle aux mains légères

La demoiselle aux mains légères
a des cascades plein les doigts
Elle leur fait prendre un peu l'air
en les emmenant dans les bois

Un seul regard de la pensive
fait fleurir un oiseau rieur
Il est malin comme l'eau vive
volant ici il est ailleurs

D'où venez-vous oiseau moqueur ?
Je suis né de deux mains légères
Où allez-vous oiseau rôdeur ?
Je vais au caprice de l'air

L'oiseau est vraiment délicieux
La demoiselle aux mains légères
a des étoiles plein les yeux
L'oiseau lui chante son grand air

et leur gaîté réjouit les cieux

Claude ROY

Un bœuf gris de la Chine

Un bœuf gris de la Chine,
Couché dans son étable,
Allonge son échine
Et dans le même instant
Un bœuf de l'Uruguay
Se retourne pour voir
Si quelqu'un a bougé.

Vole sur l'un et l'autre
À travers jour et nuit
L'oiseau qui fait sans bruit
Le tour de la planète
Et jamais ne la touche
Et jamais ne s'arrête.

Jules SUPERVIELLE

Comptine de la Diane champêtre

Les oiseaux et les enfants
Sont la braise du levant
Dès le premier rayon blanc
Qui filtre au bas de la nuit
Ils prennent feu dans leurs rires
Craquent comme l'incendie
Comme le bois vert qui cuit,
Ils avivent les feuillages
Dans les têtes de passage
Font tanguer les bons usages
Sous l'ombrage indifférent.

Les oiseaux et les enfants
S'enflamment comme le vent
Chantent dans les corridors
De la forêt de la mort ;
Ils s'entendent à merveille
Dans les rébus du sommeil
Ou détressent fil à fil
Un visage et son profil
Les moulins d'ainsi soit-il.

Les oiseaux et les enfants
Sont la craie du jour levant :
Ils écrivent, crivent, crivent
Crivent, crivent en crissant
L'histoire de tous les temps
Qui se répète aujourd'hui

Sans plus de valeur qu'hier
Mais qu'il faut toujours refaire
Si l'on veut devenir grand.

Luc BÉRIMONT

Quand le chat...

Quand
le chat
met ses
chaussettes,
c'est
la fête
aux sou-
ricettes.

Quand
le chat
joue au
cerceau,
c'est
la fête
aux sou-
riceaux.

Jean-Luc MOREAU

La mouche qui louche

Chaque fois que la mouche qui louche
veut se poser au plafond
elle s'y cogne le front
et prend du plâtre plein la bouche

Moralité

Pauvres mouches qui louchez
posez-vous sur le plancher.

Jean ORIZET

*

Un âne enseignait un ânon

Un sot, chez ses pareils, a souvent grand renom.
C'est la loi des catégories.

Au royaume d'Aliboron,
Un âne enseignait un ânon.

Qu'enseignait-il ? Des âneries.

MAXIME-LÉRY

Le premier singe

Le premier singe qui se redressa, pensif,
Pour marcher sans bâton sur ses pieds de derrière
Fut traité par les siens d'animal subversif
    Et de révolutionnaire.

Jacques TURBIN

*

Le singe

Le singe descend de l'homme.
C'est un homme sans cravate,
sans chaussures, sans varices,
sans polices, sans malice,
sorte d'homme à quatre pattes
qui n'a pas mangé la pomme.

Claude ROY

La Guenon, le Singe et la Noix

Une jeune guenon cueillit
Une noix dans sa coque verte ;
Elle y porte la dent, fait la grimace... « Ah ! certes,
Dit-elle, ma mère mentit
Quand elle m'assura que les noix étaient bonnes.
Puis, croyez aux discours de ces vieilles personnes
Qui trompent la jeunesse ! Au diable soit le fruit ! »
Elle jette la noix. Un singe la ramasse,
Vite entre deux cailloux la casse,
L'épluche, la mange, et lui dit :
« Votre mère eut raison, ma mie,
Les noix ont fort bon goût, mais il faut les ouvrir.
Souvenez-vous que dans la vie,
Sans un peu de travail, on n'a point de plaisir. »

Jean-Pierre CLARIS DE FLORIAN

L'élixir pour les Gorilles

Autrefois c'était tout plein
De gorilles sur la terre ;
Il y en avait des malins,
Des brutes, des terre à terre.

Les malins voulaient avoir
Pour eux seuls toute la place ;
Dirent un jour : « Faudrait voir
À ce qu'on se débarrasse

De ces pauvres illettrés,
Sans nul esprit, malhabiles,
Chétifs, souffreteux, débiles,
Qui surpeuplent nos forêts ! »

Finirent par réussir
À les chasser du royaume
À l'aide d'un élixir
Qui les transforma en hommes !

N'oublions pas désormais
Que chacun de nos semblables
Peut être un gorille mais
Est-ce que c'est reconnaissable ?

Pierre FERRAN

Le Lapin, le Chien et le Chasseur

César, chien d'arrêt renommé,
Mais trop enflé de son mérite,
Tenait arrêté dans son gîte
Un malheureux lapin de peur inanimé !
« Rends-toi », lui cria-t-il d'une voix de tonnerre,
Qui fit au loin trembler les habitants des bois ;
« Je suis César connu par ses exploits,
Et dont le nom remplit toute la terre. »
À ce grand nom, Jeannot lapin,
Recommandant à Dieu son âme pénitente,
Demanda d'une voix tremblante :
« Très Sérénissime Mâtin,
Si je me rends, quel sera mon destin ?
— Tu mourras. — Je mourrai, dit la bête innocente.
Et si je fuis ? — Ton trépas est certain.
— Quoi ! reprit l'animal qui se nourrit de thym,
Des deux côtés, je dois perdre la vie !
Que Votre Illustre Seigneurie
Veuille me pardonner, puisqu'il me faut mourir,
Si j'ose tenter de m'enfuir.
Il dit, et fuit en héros de garenne.
Caton l'aurait blâmé, je dis qu'il n'a pas tort ;
Car le chasseur le voit à peine
Qu'il l'ajuste, le tire... et le chien tombe mort.
Que dirait de ceci notre bon La Fontaine ?
Aide-toi, le ciel t'aidera.
J'approuve fort cette morale-là.

Napoléon BONAPARTE

Napoléon et la Puce

« Que voulez-vous que cela fasse
À un homme comme moi, dit Napoléon,
Les regardant
Qui l'acclamaient sous le balcon,
La vie d'un million d'imbéciles ? »

(Il dit un mot plus court que Metternich, galant,
N'osait pas répéter aux dames.)
Au lieu de rétorquer : « Mais, Sire, ils ont une âme...
(C'était la réplique facile),
Metternich demeura de glace,
Sourit dans sa cravate et ne dit rien.
Le mot était lâché, il serait historique ;
Le fin renard se doutait bien
Que le Corse, par lui, aggraverait son cas.
Lui, Metternich, bien sûr aussi, dans la pratique...
Mais lui, il ne le disait pas.

À ce moment, sournoise et rancunière,
La puce qu'il avait déjà chassée
De son gilet, par tant de sans-gêne agacée,
Piqua Napoléon au derrière...
On a beau être Napoléon
On ne peut pas se le gratter dans un salon.
Le masque du maître du monde
Se durcit en une seconde ;

Et Metternich, sans cesser d'être souriant,
Sentit l'Europe soudain jetée sur la table
Comme un quartier de bœuf saignant.

Tranchant, Napoléon dit : « Non. »
Dès lors, la guerre était inévitable ;
La parole était au canon.
L'histoire n'a pas retenu le nom
De cette puce.
Elle l'aurait pourtant piqué ailleurs, ne fût-ce
Qu'un peu plus haut, un peu plus bas,
L'Empereur détendu renonçait au combat,
À quoi cela tient tout de même !
Gémit le philosophe blême :
Le nez de Cléopâtre il eût... et cœtera.
Changeant – hélas ! trop tard pour la France – de place
La puce, sans marquer d'émoi,
Poursuivit son exploration
De l'impérial caleçon
Et dit : « Que voulez-vous que cela fasse
À une puce comme moi
Le derrière de Napoléon ? »

Jean ANOUILH

Chevaux

Je suis d'un village où j'entends
Les chevaux noirs, les chevaux blancs
Avec leurs yeux arabisants,
Leurs nez peuhls, leurs croupes latines,
Traîner tout le jour des racines
Et des surcharges de froment.

Rien n'est plus beau qu'une jument
Plongeant son masque d'Orient,
Sa belle face métissée
Dans les rivières tempérées !

Catherine PAYSAN

Le corbeau

« Que le roi devienne corbeau ! »
Dit un gueux qui rêvait tout haut,
Les yeux fixés sur Bételgeuse.
Et ce roi devint un corbeau
Qui croassa d'une voix creuse
Et s'envola vers les Gémeaux.

Il est dangereux de rêver
Seul à seul avec une étoile...

Et il est heureux pour le roi
Qu'un enfant, qui rêvait tout bas
À plus de treize lieues de là,
Dise en voyant passer une aile
Immense et noire sur le ciel :
« Que ce corbeau devienne roi ! »

Maurice CARÊME

The Naming of Cats

The Naming of Cats is a difficult matter,
   It isn't just one of your holyday games ;
You may think at first I'm as mad as a hatter
When I tell you, a cat must have THREE DIFFERENT NAMES.
First of all, there's the name that the family use daily,
   Such as Peter, Augustus, Alonzo or James,
Such as Victor or Jonathan, George or Bill Bailey —
   All of them sensible everyday names.
There are fancier names if you think they sound sweeter,
   Some for the gentlemen, some for the dames :
Such as Plato, Admetus, Electra, Demeter —
   But all of them sensible everyday names
But I tell you, a cat needs a name that's particular,
   A name that's peculiar, and more dignified,
Else how can he keep up his tail perpendicular,
   Or spread out his whiskers, or cherish his pride ?
Of names of this kind, I can give you a quorum,
   Such as Munkustrap, Quaxo, or Coricopat,
Such as Bombalurina, or else Jellylorum —
   Names that never belong to more than one cat.
But above and beyond there's still one name left over,
   And that is the name that you never will guess ;
The name that no human research can discover —
But THE CAT HIMSELF KNOWS, and will never confess.

Comment appeler son Chat

C'est un art délicat, que d'appeler son Chat :
    Le baptiser n'est pas un simple passe-temps.
Je ne travaille pas du chapeau, croyez-moi,
Si je vous dis qu'un chat a TROIS NOMS DIFFÉRENTS.
Un chat a, tout d'abord, son nom de tous les jours,
    Comme Pierre ou Jean-Paul, Aglaë, Pompadour,
Comme Sylvain ou Luc, Chat-Fourré, Cyprien,
    Noms raisonnables pour le train-train quotidien.
Fantaisistes, charmants, d'autres noms sont plus doux,
    Les uns sont pour les chats, les autres pour les chattes
Comme Platon, Électre, Andromaque ou Carpates,
    Tous sont des noms sérieux pour chats bien de chez
Mais un chat a besoin, il faut que ça se sache,   [nous.
    D'un vrai nom personnel, un nom plus majestueux.
Sans ce nom, il ne peut pas redresser sa queue,
    Affirmer sa fierté, hérisser ses moustaches.
Des noms de cette sorte, en veux-tu, en voilà
    Comme Méta-Méthyl, Ouitchi, Kalikola,
Comme Psychologie, Presbytère-Pacha...
    Si propres sont ces noms qu'ils sont à un seul chat.
Mais par-dessus tout ça, il reste encore un nom.
    C'est le nom que jamais nul ne peut deviner,
C'est le nom dont jamais nul ne saura le nom.
LE CHAT, QUI LE CONNAÎT, ne veut le révéler.

When you notice a cat in profound meditation,
    The reason, I tell you, is always the same :
His mind is engaged in a rapt contemplation
Of the thought, of the thought, of the thought of his name :
    His ineffable effable
    Effanineffable
Deep and inscrutable singular Name

T.S. ELIOT

Quand vous voyez un chat, silencieux, méditer,
   La cause, sachez-le, est sa quête insondable :
Il a l'esprit perdu dans la contemplation
   De la pensée de la pensée de la pensée de son nom,
   Son nom ineffable, affablement ineffable,
Indicible, profond – et singulier –, son Nom.

T.S. Eliot

(Adaptation de Jacques Charpentreau.)

Le rat de ville

Autrefois le rat des champs
M'invita, moi rat de ville,
À venir porter les dents
Aux fruits aimés de Virgile.

Loin des luxueux valets,
Des chats, de la souricière,
Nous voici parmi les blés
Qui semblent être en prière.

À la place du tapis
De Turquie on eut la flore
De corail et de lapis
Dont la maison se décore.

« Oh ! les merveilleux abris,
Me disait Jean Campagnolle ;
Non, elle n'a pas de prix
La solitude agricole !

Que ce brouet soit épais,
Ah ! combien peu nous importe,
Si ne trouble point la paix
L'ouverture d'une porte ! »

Le rural vantait encor,
Le cœur débordant de joie,
La médiocrité d'or,
Quand le prit l'oiseau de proie.

Francis JAMMES

Le tigre et le curé

Dans la jungle, un jour, s'aventure
Un curé. Le tigre survient.
« Prions », se dit l'abbé. « Seigneur, je t'en
conjure,
Fais que ce tigre soit chrétien. »
Comment le Très-Haut se débrouille,
La chronique n'en parle pas.
Le fauve en tout cas s'agenouille :
« Seigneur », dit-il, « bénissez ce repas. »

Jean-Luc MOREAU

Le pélican

Le capitaine Jonathan,
Étant âgé de dix-huit ans,
Capture un jour un pélican
Dans une île d'Extrême-Orient.

Le pélican de Jonathan,
Au matin, pond un œuf tout blanc
Et il en sort un pélican
Lui ressemblant étonnamment.

Et ce deuxième pélican
Pond, à son tour, un œuf tout blanc
D'où sort, inévitablement
Un autre qui en fait autant.

Cela peut durer pendant très longtemps
Si l'on ne fait pas d'omelette avant.

Robert DESNOS

Le loup moraliste

Un loup, à ce que dit l'histoire,
Voulut donner un jour des leçons à son fils,
    Et lui graver dans la mémoire,
Pour être honnête loup, de beaux et bons avis.
« Mon fils, lui disait-il, dans ce désert sauvage,
À l'ombre des forêts vous passerez vos jours ;
Vous pouvez cependant avec de petits ours
Goûter les doux plaisirs qu'on permet à votre âge.
Contentez-vous du peu que j'amasse pour vous ;
Point de larcin ; menez une innocente vie ;
    Point de mauvaise compagnie ;
Choisissez pour amis les plus honnêtes loups ;
Ne vous démentez point, soyez toujours le même ;
Ne satisfaites point vos appétits gloutons :
Mon fils, jeûnez plutôt l'avent et le carême,
Que de sucer le sang des malheureux moutons.
    Car enfin quelle barbarie !
Quels crimes ont commis ces innocents agneaux ?
Au reste, vous savez qu'il y va de la vie :
    D'énormes chiens défendent les troupeaux.
Hélas ! je m'en souviens, un jour votre grand-père
Pour apaiser sa faim entra dans un hameau.
Dès qu'on s'en aperçut : « Ô bête carnassière !
« Au loup ! » s'écria-t-on ; l'un s'arma d'un hoyau,
L'autre prend une fourche ; et mon père eut beau faire
    Hélas ! il y laissa sa peau ;
De sa témérité ce fut là le salaire.
Sois sage à ses dépens, ne suis que la vertu,
Et ne sois pas battant, de peur d'être battu.

Si tu m'aimes, déteste un crime que j'abhorre. »
Le petit vit alors dans la gueule du loup
De la laine et du sang qui dégouttait encore ;
    Il se mit à rire à ce coup.
« Comment, petit fripon, dit le loup en colère,
    Comment, vous riez des avis
    Que vous donne ici votre père
Tu seras un vaurien, va, je te le prédis ;
Quoi ! se moquer déjà d'un conseil salutaire ! »
    L'autre répondit en riant :
    « Votre exemple est un bon garant ;
Mon père, je ferai ce que je vous vois faire. »

VOLTAIRE

L'hippopotame

Tandis qu'au loin vibre un tam-tam
de son bain sort l'hippopotame
il bâille avec la fraîcheur d'âme
et la grâce des grosses dames.

Daniel LANDER

*

Rhinocéros

Ah ! la gadoue ! la gadoue ! la gadoue !
Mettez vos bottes ! mettez vos bottes !
Ah ! la gadoue ! la gadoue ! la gadoue !
Ce qu'on aimerait être
Des rhinocéros !

Gilles BRULET

Coq

Oiseau de fer qui dit le vent
Oiseau qui chante au jour levant
Oiseau bel oiseau querelleur
Oiseau plus fort que nos malheurs
Oiseau sur l'église et l'auvent
Oiseau de France comme avant
Oiseau de toutes les couleurs.

Louis ARAGON

La prisonnière

Plaignez la pauvre prisonnière
Au fond de son cachot maudit !
Sans feu, sans coussin, sans lumière...
Ah ! maman me l'avait bien dit !

Il fallait aller chez grand-mère
Sans m'amuser au bois joli,
Sans parler comme une commère
Avec l'inconnu trop poli.

Ma promenade buissonnière
Ne m'a pas réussi du tout :
Maintenant, je suis prisonnière
Dans le grand ventre noir du loup.

Je suis seule, sans allumettes,
Chaperon rouge bien puni :
Je n'ai plus qu'un bout de galette,
Et mon pot de beurre est fini !

LE PETIT CHAPERON ROUGE

(Transcription de Jacques CHARPENTREAU.)

OUVREZ AUX ENFANTS !

Ouvrez aux enfants

Les enfants sont venus vous demander des roses ;
      Il faut leur en donner.
— Mais les petits ingrats détruisent toutes choses...
      Il faut leur pardonner.

Tout printemps est leur fête, et tout jardin leur table ;
      Qu'ils prennent à loisir !
Ils nous devront du moins, souvenir délectable !
      D'avoir eu du plaisir.

Demain nous glanerons les roses répandues,
      Trésor du jardin vert ;
Ces haleines d'été ne seront pas perdues
      Pour embaumer l'hiver.

Ouvrez-donc aux enfants qui demandent des roses :
      Il faut leur en donner ;
Et si l'instinct les pousse à briser toutes choses,
      Il faut leur pardonner !

Marceline DESBORDES-VALMORE

La petite fille

La petite fille
n'a que des amis :
des amis gens
des amis fleurs
des amies maisons
et des amimaux.

Michel MONNEREAU

L'enfant et l'étoile

Un astre luit au ciel et dans l'eau se reflète.

Un homme qui passait dit à l'enfant-poète :
« Toi qui rêves avec des roses dans les mains
Et qui chantes, docile au hasard des chemins,
Tes vains bonheurs et ta chimérique souffrance,
Dis, entre nous et toi, quelle est la différence ?

— Voici, répond l'enfant. Levez la tête un peu ;
Voyez-vous cette étoile, au lointain du soir bleu ?

— Sans doute !

      — Fermez l'œil. La voyez-vous, l'étoile ?

— Non, certes. »

      Alors l'enfant pour qui tout se dévoile
Dit en baissant son front doucement soucieux :
« Moi, je la vois encore quand j'ai fermé les yeux. »

Catulle MENDÈS

Le cancre

Il dit non avec la tête
mais il dit oui avec le cœur
il dit oui à ce qu'il aime
il dit non au professeur
il est debout
on le questionne
et tous les problèmes sont posés
soudain le fou rire le prend
et il efface tout
les chiffres et les mots
les dates et les noms
les phrases et les pièges
et malgré les menaces du maître
sous les huées des enfants prodiges
avec des craies de toutes les couleurs
sur le tableau noir du malheur
il dessine le visage du bonheur.

Jacques PRÉVERT

Ma famille est formidable !

Ma famille est formidable :
Quand Maman quitte la table,
Elle s'envole dans les airs
Pour faire la course aux éclairs !

Ma famille est formidable :
Papa a l'air d'un comptable,
Mais c'est un super-héros
Avec des chaussures turbo !

Ma famille est formidable :
Mon grand frère est imbattable ;
Il arrive, rien qu'en sifflant,
À renverser quinze éléphants !

Ma famille est formidable :
Mon grand-père a des érables
Qu'il soulève d'un orteil
Pour se curer les oreilles !

Ma famille est formidable !
Et si vous m'appelez « minable »
Prenez bien garde à vos dents
Si ma famille vous entend !

Claire POUTIERS

Dialogue entre mon Papa et sa voiture

(enregistré le 11 janvier 1998 à 7 heures du matin).

Glaglagla
Alors alors alors

Hein bon euh hein bon

Alléchuipresséchuipressé

Ploc ploc

Non mais dis donc là ho dis donc
Savapasspassécommsavapasspassécomm

Glouglouglou

Abon

Bidule truc bougie machin
Alorkesketakivapa
Kesketakesketakesketa
Kesketaketaketactactactatatata-a-ta-a-a-vroum
Amaitoudmêmmêmmêm !

Tchouf tchouf ploc ploc tchouf tchouf ploc ploc

Hello pretty mooorning !

Marie-Hortense LACROIX

Simplement

Regarde ! le bonheur est là,
Juste là, à côté de toi.
Attends, ne bouge pas !
Tiens ? il s'est glissé dans ton sourire,
Maintenant il a coulé dans le bain,
Il va se blottir dans mes bras.
Ho ! le voilà dans le jardin.
Tu sais pourquoi il est là ?
Pour rien, et c'est la meilleure raison qui soit.

Zohra KARIM

Notre maison

Ma maison a un jardin
Qui me fait signe d'entrer

Ma maison a une allée
Qui conduit mes pas

Ma maison a une porte
Qui ouvre mon cœur

Ma maison a une cheminée
Qui chuchote mes rêves

Mais la maison sans toi
C'est comme une rue sans fin
Un jardin sans fleurs
Une porte sans poignée
Une cheminée sans feu

Alors viens quand tu peux
Un et un font plus que deux
Viens quand tu veux
　　　Pour que ma maison ait une âme
　　　Pour que ma maison ait un nom

Claude HALLER

Litanie des écoliers

Saint Anatole,
Que légers soient les jours d'école !
Saint Amalfait,
Ah ! que nos devoirs soient bien faits !
Sainte Cordule,
N'oubliez ni point ni virgule.
Saint Nicodème,
Donnez-nous la clé des problèmes.
Saint Tirelire,
Que Grammaire nous fasse rire !
Saint Siméon,
Allongez les récréations.
Saint Espongien,
Effacez tous les mauvais points.
Sainte Clémence,
Que viennent vite les vacances !
Sainte Marie,
Faites qu'elles soient infinies !

Maurice CARÊME

Patins à roulettes

Conquérants de l'asphalte
Que la vitesse exalte,

Nos clefs en bandoulière,
Bardés de genouillères,

De pin's et d'amulettes,
Sur patins à roulettes,

Bruyants météorites
Dont les passants s'irritent,

Espiègles funambules
Des trottoirs à bitume,

Chevaliers de la glisse
Qui fait notre délice,

Quelquefois il arrive
— Malheur à nos gencives ! —

Qu'on ramasse une pelle
En trente-six chandelles,

Qu'on se prenne une bûche
Sans avoir vu l'embûche,

Qu'on morde la poussière
En casquette à visière.

Ah ! seconde fatale
Où soudain l'on s'étale !

Bernard LORRAINE

Les écoliers

Sur la route couleur de sable
En capuchon noir et pointu,
Le « moyen », le « bon », le « passable »
Vont, à galoches que veux-tu
Vers leur école intarissable.

Ils ont dans leur plumier des gommes
Et des hannetons du matin,
Dans leurs poches, du pain, des pommes,
Des billes, ô précieux butin
Gagné sur d'autres petits hommes.

Ils ont la ruse et la paresse
– Mais l'innocence et la fraîcheur –
Près d'eux les filles ont des tresses
Et des yeux bleus couleur de fleur
Et de vraies fleurs pour la maîtresse.

Puis, les voilà tous à s'asseoir
Dans l'école crépie de lune,
On les enferme jusqu'au soir
Jusqu'à ce qu'il leur pousse plume
Pour s'envoler. Après, bonsoir !
Ça vous fait des gars de charrue
Qui fument, boivent le gros vin,
Puis des ménagères bourrues
Dosant le beurre et le levain.

Billevesées, coquecigrues,
Ils vous auront connues en vain

Dans leurs enfances disparues !

Maurice FOMBEURE

La dictée

Au dernier rang de la classe un rebelle
Voit de l'automne une langue rougeâtre
Lécher la vitre. Il coulera du sang
Dans la ruelle où naquit la guitare.

Quel est le mot qui déchire les lèvres,
Fait éclater les louanges percluses ?
Printemps printemps... répète l'écolier
En caressant de longs lisérés rouges,
Printemps printemps... comme on appelle un tigre.

Rien ne répond. Naguère un bonnet d'âne
Et le vainqueur était qui le portait,
Las d'ânonner de vieilles montgolfières
Pour mieux entendre un bruit sourd de dictées,
Point-à-la-ligne et poings sous le menton.

Robert SABATIER

La petite école

On a démoli la petite école
Qui semblait immense à mes yeux d'enfant.
Il n'en reste rien : le présent nous vole
Les billes perdues de nos jeux d'antan.

Le préau de bois, la maîtresse blonde,
Les lilas légers qui parfumaient tant,
Tout a disparu, ainsi va le monde,
Et l'institutrice a les cheveux blancs.

Noir des tabliers, des tableaux, de l'encre,
Nous ne savions pas alors à quel deuil
Votre suie songeait, tandis que les cancres
Copiaient les dictées en clignant de l'œil.

Si vaste la Terre aux côtes bleuies
Par les océans des cartes murales !
Il me semble encore entendre le bruit
De nos voix unies chantant la Morale !

Parfois, quand j'écris une poésie
Je sens les lilas d'alors – idée folle !
Les jours sont passés, l'enfance est finie :
On a démoli la petite école.

Marc ALYN

L'enfant qui battait la campagne

Vous me copierez deux cents fois le verbe :
Je n'écoute pas. Je bats la campagne.

Je bats la campagne, tu bats la campagne,
Il bat la campagne à coups de bâton.

La campagne ? Pourquoi la battre ?
Elle ne m'a jamais rien fait.

C'est ma seule amie, la campagne.
Je baye aux corneilles, je cours la campagne.

Il ne faut jamais battre la campagne :
On pourrait casser un nid et ses œufs.

On pourrait briser un iris, une herbe,
On pourrait fêler le cristal de l'eau.

Je n'écouterai pas la leçon.
Je ne battrai pas la campagne.

Claude ROY

Mathématiques

Quarante enfants dans une salle,
Un tableau noir et son triangle,
Un grand cercle hésitant et sourd
Son centre bat comme un tambour.

Des lettres sans mots ni patrie
Dans une attente endolorie.

Le parapet dur d'un trapèze,
Une voix s'élève et s'apaise
Et le problème furieux
Se tortille et se mord la queue.

La mâchoire d'un angle s'ouvre.
Est-ce une chienne ? Est-ce une louve ?

Et tous les chiffres de la terre,
Tous ces insectes qui défont
Et qui refont leur fourmilière
Sous les yeux fixes des garçons.

Jules SUPERVIELLE

Voyelles

A noir, E blanc, I rouge, U vert, O bleu : voyelles,
Je dirai quelque jour vos naissances latentes :
A, noir corset velu des mouches éclatantes
Qui bombinent autour des puanteurs cruelles,

Golfes d'ombre ; E, candeurs des vapeurs et des tentes,
Lances des glaciers fiers, rois blancs, frissons d'ombelles ;
I, pourpres, sang craché, rire des lèvres belles
Dans la colère ou les ivresses pénitentes ;

U, cycles, vibrements divins des mers virides,
Paix des pâtis semés d'animaux, paix des rides
Que l'alchimie imprime aux grands fronts studieux ;

O, suprême Clairon plein des strideurs étranges,
Silences traversés des Mondes et des Anges :
— O l'Oméga, rayon violet de Ses Yeux !

Arthur RIMBAUD

Arthur Rimbaud. Fac-similé du sonnet des voyelles.

La récitation

D'une voix comme j'aime,
profonde, sans remous.
– le rythme seul, c'est tout –
quelqu'un lit un poème.

Parfois au coin de l'âtre
je rêve ce ton nu
dont nul ne sait s'il fut
d'Église ou de théâtre.

Jean CUTTAT

Pantoum négligé

Trois petits pâtés, ma chemise brûle.
Monsieur le Curé n'aime pas les os.
Ma cousine est blonde, elle a nom Ursule,
Que n'émigrons-nous vers les Palaiseaux !

Ma cousine est blonde, elle a nom Ursule,
On dirait d'un cher glaïeul sur les eaux.
Vivent le muguet et la campanule !
Dodo, l'enfant do, chantez, doux fuseaux.

Que n'émigrons-nous vers les Palaiseaux !
Trois petits pâtés, un point et virgule ;
On dirait d'un cher glaïeul sur les eaux.
Vivent le muguet et la campanule !

Trois petits pâtés, un point et virgule ;
Dodo, l'enfant do, chantez, doux fuseaux.
La libellule erre emmi les roseaux.
Monsieur le Curé, ma chemise brûle !

Paul VERLAINE

Ma pou - pée ché - rie ne veut pas - dor - mir, Pe -tit

an - ge mien, tu me fais - souf - rir. Fer-me tes grands yeux, tes yeux

ralentir   Fin

de - sa - phir, Dors, pou - pée, dors, dors, ou je vais mou - rir.

plus rapide

Il fau - drait, je crois, pour te ren - dre - sa - ge, Un man -

- teau de soie, — de ri - ches cor-sa-ges ! Tu vou - drais des ro-ses À ton

clair bé - guin, Des bi - joux d'or fin — Et mille au - tres cho-ses

Ma poupée chérie

Texte et musique de Déodat de Séverac

Refrain   Ma poupée chérie ne veut pas dormir,
Petit ange mien, tu me fais souffrir.
Ferme tes grands yeux, tes yeux de saphir,
Dors, poupée, dors, dors, ou je vais mourir.

1.   Il faudrait, je crois, pour te rendre sage
Un manteau de soie, de riches corsages !
    Tu voudrais des roses
    À ton clair béguin,
    Des bijoux d'or fin,
    Et mille autres choses.

Refrain.

2.   Quand parrain viendra, sur son âne gris,
Il t'apportera de son grand Paris
Un petit mari qui dira : « papa »
Et qui dormira quand on le voudra.

Refrain.

Mon bel an-ge va dor - mir, Dans son nid l'oiseau va se blot-

- tir Et la rose et le sou - ci

Là - bas dor-mi-ront aus - si. La lu - ne qui brille aux

cieux Voit si tu fer - mes les yeux.

La bri - se chante au de - hors. Dors, mon pe - tit prin - ce,

dors ! Ah ! dors, dors !

Mon bel ange va dormir

Musique de Mozart
Adapté de l'allemand par Jules Barbier

1. Mon bel ange va dormir,
   Dans son nid l'oiseau va se blottir
   Et la rose et le souci
   Là-bas dormiront aussi,
   La lune qui brille aux cieux
   Voit si tu fermes les yeux.
   La brise chante au-dehors.
   Dors, mon petit prince, dors.
   Ah ! dors, dors !

2. Mon ange a-t-il un désir ?
   Tout pour lui n'est que joie et plaisir.
   De jouets il peut changer,
   Il a moutons et berger,
   Il a chevaux et soldats.
   S'il dort et ne pleure pas,
   Il aura d'autres trésors.
   Dors, mon petit prince, dors.
   Ah ! dors, dors !

3. Mon petit prince au réveil
   Recevra les présents du soleil
   Qui seront de beaux habits
   Brodés d'or et de rubis.
   La lune, d'un fil d'argent
   Avec un reflet changeant,
   En aura cousu les bords.
   Dors, mon petit prince, dors.
   Ah ! dors, dors !

Après la bataille

Mon père, ce héros au sourire si doux,
Suivi d'un seul housard qu'il aimait entre tous
Pour sa grande bravoure et pour sa haute taille,
Parcourait à cheval, le soir d'une bataille,
Le champ couvert de morts sur qui tombait la nuit.
Il lui sembla dans l'ombre entendre un faible bruit.
C'était un Espagnol de l'armée en déroute
Qui se traînait sanglant sur le bord de la route,
Râlant, brisé, livide, et mort plus qu'à moitié.
Et qui disait : « À boire ! à boire par pitié ! »
Mon père, ému, tendit à son housard fidèle
Une gourde de rhum qui pendait à sa selle,
Et dit : « Tiens, donne à boire à ce pauvre blessé. »
Tout à coup, au moment où le housard baissé
Se penchait vers lui, l'homme, une espèce de maure,
Saisit un pistolet qu'il étreignait encore,
Et vise au front mon père en criant : « Caramba ! »
Le coup passa si près que le chapeau tomba
Et que le cheval fit un écart en arrière.
« Donne-lui tout de même à boire », dit mon père.

Victor HUGO

Les cerfs-volants

Aux brises sucrées du printemps,
Bergers des nuées et des vents,
Les enfants aux cheveux de miel
Mènent paître leurs cerfs-volants
Dans les pâturages du ciel.

Parfois sans prévenir, ces lâches
De cerfs-volants sournois vous lâchent,
Ils franchissent une rivière,
S'abattent dans une clairière,
Tant la liberté leur est chère.

Parfois aussi, et c'est soudain,
Ils emportent toujours plus loin
Celui qui courait les sainfoins...
Alors un enfant disparaît
Haut dans le ciel sur les forêts.

Au bout du fil d'un cerf-volant
Il y a toujours un enfant.
Et de source bien informée,
Généralement on admet
Qu'on ne le revoit plus jamais.

Bernard LORRAINE

Le ciel est...

Le ciel est, par-dessus le toit,
    Si bleu, si calme !
Un arbre, par-dessus le toit,
    Berce sa palme.

La cloche, dans le ciel qu'on voit,
    Doucement tinte.
Un oiseau sur l'arbre qu'on voit
    Chante sa plainte.

Mon Dieu, mon Dieu, la vie est là,
    Simple et tranquille.
Cette paisible rumeur-là
    Vient de la ville.

— Qu'as-tu fait, ô toi que voilà
    Pleurant sans cesse,
Dis, qu'as-tu fait, toi que voilà,
    De ta jeunesse ?

Paul VERLAINE

La fenêtre de la maison paternelle

Autour du toit qui nous vit naître
Un pampre étalait ses rameaux,
Ses grains dorés, vers la fenêtre,
Attiraient les petits oiseaux.

Ma mère, étendant sa main blanche,
Rapprochait les grappes de miel,
Et ses enfants suçaient la branche,
Qu'ils rendaient aux oiseaux du ciel.

L'oiseau n'est plus, la mère est morte ;
Le vieux cep languit jaunissant,
L'herbe d'hiver croît sur la porte,
Et moi, je pleure en y pensant.

C'est pourquoi la vigne enlacée
Aux mémoires de mon berceau,
Porte à mon âme une pensée,
Et doit ramper sur mon tombeau.

Alphonse de LAMARTINE

Sans moi l'oiseau
                    aimer l'entendre

aimer le feu
              Sans moi la cendre

Sans la comprendre
                    aimer la vie

aimer aimer
              sans se déprendre

Sans rien attendre
                    aimer.

                    Robert Mallet.

Au petit bonheur

Rien qu'un petit bonheur, Suzette,
Un petit bonheur qui se tait.
Le bleu du ciel est de la fête ;
Rien qu'un petit bonheur secret.

Il monte ! C'est une alouette
Et puis voilà qu'il disparaît ;
Le bleu du ciel est de la fête.
Il chante, il monte, il disparaît.

Mais si tu l'écoutes, Suzette,
Si dans tes paumes tu le prends
Comme un oiseau tombé des crêtes,
Petit bonheur deviendra grand.

NORGE

La cigale et la fourmi

La cigale, ayant chanté
            Tout l'été,
Se trouva fort dépourvue
Quand la bise fut venue.
Pas un seul petit morceau
De mouche ou de vermisseau.
Elle alla crier famine
Chez la fourmi sa voisine,
La priant de lui prêter
Quelque grain pour subsister
Jusqu'à la saison nouvelle.
« Je vous paierai, lui dit-elle,
Avant l'oût[1], foi d'animal,
Intérêt et principal. »
La fourmi n'est pas prêteuse ;
C'est là son moindre défaut.
« Que faisiez-vous au temps chaud ?
Dit-elle à cette emprunteuse.
— Nuit et jour à tout venant
Je chantais, ne vous déplaise.
— Vous chantiez ? j'en suis fort aise
Eh bien ! dansez maintenant. »

Jean de LA FONTAINE

---

1. *L'oût* : le mois d'août.

LIBRES ENFANTS DES FÉES

Je suis une enfant des fées

Je cours contre le vent,
les branches m'agressent.
Je cours, je ne sens rien
ni les griffes aiguës des épineux,
ni le froid de novembre.
Mes cheveux flottent
comme un drapeau.
Mes pensées s'entrechoquent,
mon souffle s'affole.
Je ne veux pas que l'on m'enferme.
J'ai peur des murs et des barreaux.
Je suis une enfant des fées.
Je voudrais m'envoler,
être un oiseau.
Je cours, je cours,
je bats des ailes,
je vole, oui je vole, je...
je tombe...
l'herbe me recueille.
Je ne veux pas que l'on m'enferme.
Je suis une enfant des arbres,
je suis une enfant du bleu,
ne me coupez pas les ailes.

Anne-Marie DERÈSE

Nuit rhénane

Mon verre est plein d'un vin trembleur comme une flamme
Écoutez la chanson lente d'un batelier
Qui raconte avoir vu sous la lune sept femmes
Tordre leurs cheveux verts et longs jusqu'à leurs pieds

Debout chantez plus haut en dansant une ronde
Que je n'entende plus le chant du batelier
Et mettez près de moi toutes les filles blondes
Au regard immobile aux nattes repliées

Le Rhin le Rhin est ivre où les vignes se mirent
Tout l'or des nuits tombe en tremblant s'y refléter
La voix chante toujours à en râle-mourir
Ces fées aux cheveux verts qui incantent l'été

Mon verre s'est brisé comme un éclat de rire

Guillaume APOLLINAIRE

Gens du voyage

Salut à vous gens du voyage,
rôdeurs de l'ombre et du soleil,
vous qui marchez dans les nuages,
grands trafiquants de merveilles !

Jongleurs de mots ripolinés,
dompteurs de fauves très savants,
bouffons à la trogne allumée,
fameux arracheurs de dents.

Vous qui buvez à pleins poumons
le bleu du ciel dans les étoiles,
vous dont le cœur dans les voiles
est coffre gorgé de chansons !

Ô mes amis de l'invisible,
chers compagnons des pas perdus,
qui prenez toujours pour cible
un regard d'oiseau inconnu :

Emportez-moi dans vos bagages,
dans votre élan, vos cabrioles,
mon âme soit cette aile folle
dont vous frôlez le rivage !

Sous le soleil ou sous l'orage,
salut à vous gens du voyage !

Jean-Pierre VALLOTTON

Énigme

Mon corps est sans couleur comme celui des eaux,
Et selon la rencontre il change de figure ;
Je fais plus d'un seul trait que toute la peinture,
Et puis mieux qu'un Apelle animer mes tableaux.

Je donne des conseils aux esprits les plus beaux,
Et ne leur montre rien que la vérité pure ;
J'enseigne sans parler autant que le jour dure,
Et la nuit on me vient consulter aux flambeaux.

Parmi les curieux j'établis mon Empire,
Je représente aux Rois ce qu'on n'ose leur dire,
Et je ne puis flatter ni mentir à la Cour.

Comme un autre Pâris je juge les Déesses,
Qui m'offrent leurs beautés, leurs grâces, leurs richesses,
Et j'augmente souvent les charmes de l'amour.

Le Miroir

Charles COTIN

Ils m'ont dit...

Ils m'ont dit
que croire en la poésie
était un scandale
que vivre en poésie
n'était pas sérieux
que j'oubliais les vraies valeurs
au nom d'un privilège usurpé.

Ils m'ont dit
que je n'avais aucun droit
entre les vertus du matin
et les parfums du soir.

Et je ne les ai pas crus.

Pierre BOUJUT

Une voix dans la Ville

Elle déplace les montagnes,
Vient traverser mon béton gris,
Et permet que tu m'accompagnes :
Je t'entends parler, et tu ris...

C'est ta voix couleur de l'absence,
En minutes sur un cadran,
Nouvelle forme de présence,
Avec le son et pas d'écran.

Je réponds et je ne m'étonne
De voir l'espace supprimé,
Je t'écoute, je m'abandonne
À tes mots en circuit fermé.

Tu te glisses dans mon oreille,
On se dit tout et presque rien.
Ta voix qui reste sans pareille
Rompt ma solitude et c'est bien.

Claire de LA SOUJEOLE

The Land of Counterpane

When I was sick and lay a-bed,
I had two pillows at my head,
And all my toys beside me lay
To keep me happy all the day.

And sometimes for an hour or so
I watched my leaden soldiers go,
With different uniforms and drills,
Among the bed-clothes, through the hills ;

And sometimes sent my ships in fleets
All up and down among the sheets ;
Or brought my trees and houses out,
And planted cities all about.

I was the giant great and still
That sits upon the pillow-hill,
And sees before him, dale and plain,
The pleasant land of counterpane

Robert Louis STEVENSON

Le pays de l'édredon bleu

Quand j'étais malade, en mon lit,
(Sous ma tête deux oreillers)
Mes jouets étaient rassemblés,
Me tenant bonne compagnie.

Parfois, pour un temps assez long,
J'observais mes soldats de plomb,
À la manœuvre, allant au pas
Parmi les collines des draps.

J'envoyais bateaux, cargaisons,
Au gré des flots des couvertures,
Ou bien, pour mes cités futures,
Mettais en place arbres, maisons.

J'étais le géant silencieux
Qui de sa pile d'oreillers
Voyait les plaines, les vallées
Du pays de l'édredon bleu.

Robert Louis STEVENSON
(Adaptation de Jean-Pierre Vallotton.)

Défoncer les verrous

Défoncer les verrous
Brûler les obstacles
Déchirer les parchemins
Vider les archives
Renverser les balises
Que demain soit !
Ou que rien ne soit !

Zohra KARIM

*

Vingt fois...

Vingt fois sur le métier
dépolissez l'ouvrage,
un vers trop poli
ne peut pas être au net.

Méfiez-vous des vers luisants.

Jean L'ANSELME

Ma poésie

M'appelle un oiseau
Me glisse un sanglot
Me prend à ses mots
    Ma Poésie

Se tait un long temps
Boudeuse ou jalouse
M'ignore en chantant
    Ma Poésie

M'appelle un oiseau
Me rit dans le givre
Convoque les mots
Referme mon livre
    Ma Poésie

Louis DAUBIER

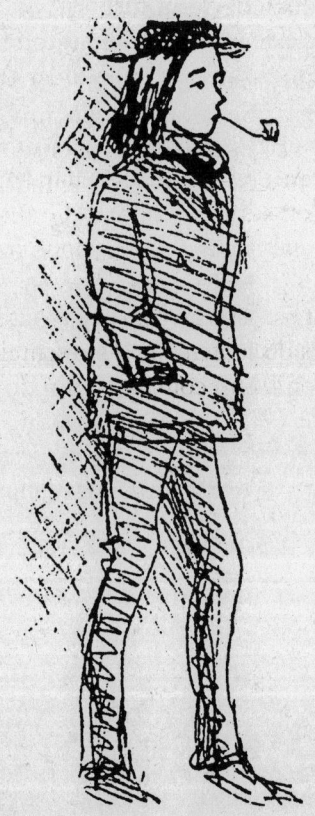

Arthur Rimbaud, par Paul Verlaine.
© Photothèque Hachette.

Ma bohème

Fantaisie

Je m'en allais, les poings dans mes poches crevées ;
Mon paletot aussi devenait idéal ;
J'allais sous le ciel, Muse ! et j'étais ton féal ;
Oh ! là ! là ! que d'amours splendides j'ai rêvées !

Mon unique culotte avait un large trou.
— Petit-Poucet rêveur, j'égrenais dans ma course
Des rimes. Mon auberge était à la Grande-Ourse.
— Mes étoiles au ciel avaient un doux frou-frou

Et je les écoutais, assis au bord des routes,
Ces bons soirs de septembre où je sentais des gouttes
De rosée à mon front, comme un vin de vigueur ;

Où, rimant au milieu des ombres fantastiques,
Comme des lyres, je tirais les élastiques
De mes souliers blessés, un pied près de mon cœur !

Arthur RIMBAUD

La parole

J'ai la beauté facile et c'est heureux.
Je glisse sur le toit des vents
Je glisse sur le toit des mers
Je suis devenue sentimentale
Je ne connais plus le conducteur
Je ne bouge plus soie sur les glaces
Je suis malade fleurs et cailloux
J'aime le plus chinois aux nues
J'aime la plus nue aux écarts d'oiseau
Je suis vieille mais ici je suis belle
Et l'ombre qui descend des fenêtres profondes
Épargne chaque soir le cœur noir de mes yeux.

Paul ÉLUARD

Fantaisie

Il est un air pour qui je donnerais
Tout Rossini, tout Mozart et tout Weber*
Un air très vieux, languissant et funèbre,
Qui pour moi seul a des charmes secrets.

Or, chaque fois que je viens à l'entendre,
De deux cents ans mon âme rajeunit :
C'est sous Louis treize... Et je crois voir s'étendre
Un coteau vert que le couchant jaunit,

Puis un château de brique à coins de pierre,
Aux vitraux teints de rougeâtres couleurs,
Ceint de grands parcs, avec une rivière
Baignant ses pieds, qui coule entre des fleurs.

Puis une dame, à sa haute fenêtre,
Blonde aux yeux noirs, en ses habits anciens...
Que, dans une autre existence peut-être,
J'ai déjà vue ! – et dont je me souviens !

Gérard DE NERVAL

* On prononce *Wèbre*. (Note de Gérard de Nerval.)

MUSIQUE

La musique est une sonde
Qui pénètre jusqu'au cœur
Et mesure sans erreur
Le battement des artères.

C'est le miracle d'un homme
Descendu au fond de l'âme
Et qui marche à l'amiable
Sur notre chemin de ronde.

C'est la confidence obscure,
L'oreille contre le mur
Le plus secret, le plus dur
De l'égoïste structure.

C'est le cavalier tranquille
Qui flatte un peu sa monture
Et qui lui parle à voix basse,
Une main sur l'encolure.

Si nous nous laissons guider
Et lui seul se mettre en selle,
Nous verrons sans en mourir
L'autre face de ce monde.

                                    L. D.

J'ose

J'ose
Le drapeau rouge
Du couchant

Comme d'autres
Les haillons
D'une enfance de rêve

Dans la révolution
Des mondes.

Hélène CADOU

L'albatros

Souvent, pour s'amuser, les hommes d'équipage
Prennent des albatros, vastes oiseaux des mers,
Qui suivent, indolents compagnons de voyage,
Le navire glissant sur les gouffres amers.

À peine les ont-ils déposés sur les planches,
Que ces rois de l'azur, maladroits et honteux,
Laissent piteusement leurs grandes ailes blanches
Comme des avirons traîner à côté d'eux.

Ce voyageur ailé, comme il est gauche et veule !
Lui, naguère si beau, qu'il est comique et laid !
L'un agace son bec avec un brûle-gueule,
L'autre mime, en boitant, l'infirme qui volait !

Le Poète est semblable au prince des nuées
Qui hante la tempête et se rit de l'archer ;
Exilé sur le sol au milieu des huées,
Ses ailes de géant l'empêchent de marcher.

Charles BAUDELAIRE

Charles Baudelaire, par Émile Deroy.
© Photothèque Hachette - Bibliothèque nationale.

Ritournelle

Comme un oiseau
Dans le jardin de mon père
J'ai imité la colombe blanche
Et la jolie perdrix

Comme dix oiseaux
Autour du feu
Nous sommes devenus
Les Marins de Groix

Comme cent oiseaux
D'autres ont chanté
Carmela, t'en souviens-tu ?

Comme mille oiseaux
Dans les champs, dans les villes
Sur la mer, dans les mines
Nous chanterons
La Liberté

Mathilde MARTINEAU

Se révolter

Se révolter c'est vivre, dit le loup,
pourquoi l'avez-vous oublié ?
Je me sens orphelin de l'homme sauvage,
même s'il me chassait.
Il est en moi caché
loin de toute prière.
Le soir, je vais boire à son souvenir
une pleine outre d'eau si chaude
que parfois elle vire au feu.

Carl NORAC

A Good Play

We built a ship upon the stairs
All made of the back-bedroom chairs,
And filled it full of sofa pillows
To go a-sailing on the billows.

We took a saw and several nails,
And water in the nursery pails ;
And Tom said, « Let us also take
An apple and a slice of cake » ;
Which was enough for Tom and me
To go a-sailing on, till tea.

We sailed along for days and days,
And had the very best of plays ;
But Tom fell out and hurt his knee,
So there was no one left but me.

Robert Louis STEVENSON

Un jeu très amusant

Un bateau fait, dans l'escalier,
Des chaises de chambre à coucher,
Rempli de coussins du divan
Pour naviguer sur l'océan.

Nous avions des clous, une scie,
Le seau d'eau de la nursery.
« Et prenons aussi, a dit Tom,
Un morceau de cake, une pomme. »
Pour Tom et moi, c'était assez
Pour aller voguer, jusqu'au thé.

Nous avons navigué longtemps,
C'était un jeu très amusant ;
Mais Tom, soudain, tomba dans l'eau
— Et je restai seul matelot.

Robert Louis STEVENSON
(Adaptation de Jean-Pierre Vallotton.)

Chanson de l'ogre

Les p'tits garçons et les p'tit's filles
Faudrait qu' ça pouss' comm' les myrtilles ;
Faudrait qu' ça pouss' sur les buissons,
Les p'tit's fill's et les p'tits garçons.

À l'automne on f'rait la cueillette ;
Plus besoin d'se casser la tête ;
Pas mêm' besoin d'êtr' jardinier :
Suffirait d' remplir son panier.

Les p'tits, les grands, les grand's, les p'tites,
J' vers'rais tout ça dans un' marmite ;
J' les mettrais tous, mêm' les moyens –
C' que ça s'rait bien ! C' que ça s'rait bien !

Un peu d'vanille, un peu d'cannelle,
Un p'tit nuag' de citronnelle,
Du thym, d' la menth', du roudoudou...
Vous laissez cuire à feu très doux.

L'hiver, paré comm' pour un siège,
J' verrais sans peur tomber la neige :
Mes bocaux s'raient là, bien rangés,
Bien rangés dans mon gard'-manger.

Mes p'tits copains, mes p'tit's copines,
J' vous étal'rais sur mes tartines.
J' dirais : Merci, merci, mon Dieu !
Les p'tits enfants, j'connais rien d'mieux.

Jean-Luc MOREAU

Les ferments

Un soir, j'ai ressenti les sèves dans mon âme.
Comme je sommeillais, elles m'ont tout à coup
Arraché de ma tourbe et porté d'un vol fou
Aux lieux où l'univers se couronne de flammes.

Ô Ferments éblouis qui n'aurez pas de fin !
Ô ma rage, ô ma haine, ô mon amour, ma force,
Vous que je sens brûler à travers mon écorce,
Et qui me dévorez telle une ardente faim !

Vous, torrents de soleil ! vous, gueules de tempêtes,
Qui poussez en avant hordes et nations !
Amour, haine, révolte, ô mes damnations,
À mon âme sonnez clair, cruelles trompettes !

Je n'ai que vous pour vivre et mourir exalté ;
Car le trône du Monde est à ceux-là qui cognent.
Hargneuse, la Sagesse à votre approche grogne.
Ah ! clouez-lui le bec avec l'éternité !

Luc DECAUNES

Profils

gauche ou droite — le visage
comme coupé par un fil.
Devinez le paysage
offert par l'autre profil.

Le plus simple, le moins double
ne se connaît qu'à moitié.
deux versants : le clair, le trouble
tu n'existes qu'en entier.

Liliane Wouters

Sans parents...

Sans parents, sans amis, et sans concitoyens,
Oublié sur la terre ; et loin de tous les miens,
Par les vagues jeté sur cette île farouche,
Le doux nom de la France est souvent sur ma bouche
Auprès d'un noir foyer, seul, je me plains du sort,
Je compte les moments, je souhaite la mort.
Et pas un seul ami dont la voix m'encourage ;
Qui près de moi s'asseye, et, voyant mon visage
Se baigner de mes pleurs et tomber sur mon sein,
Me dise : « *Qu'as-tu donc ?* » et me presse la main.

André CHÉNIER

Myrtho

Je pense à toi, Myrtho, divine enchanteresse,
Au Pausilippe altier, de mille feux brillant,
À ton front inondé des clartés d'Orient,
Aux raisins noirs mêlés avec l'or de ta tresse.

C'est dans ta coupe aussi que j'avais bu l'ivresse,
Et dans l'éclair furtif de ton œil souriant,
Quand aux pieds d'Iacchus on me voyait priant,
Car la Muse m'a fait l'un des fils de la Grèce.

Je sais pourquoi là-bas le volcan s'est rouvert...
C'est qu'hier tu l'avais touché d'un pied agile,
Et de cendres soudain l'horizon s'est couvert.

Depuis qu'un duc normand brisa tes dieux d'argile,
Toujours, sous les rameaux du laurier de Virgile,
Le pâle Hortensia s'unit au Myrte vert !

Gérard DE NERVAL

Message troublant

Sur un mur de métro, sur un bout de journal
déchiré, sur un vieux programme
quelques lignes. Lues de travers, hâtivement.

La phrase est mutilée, ces mots n'ont pas de sens
ou en ont trop. Leur voisinage
surprend. Naît une image étrange.

Parmi les je-sais-tout et les trop sûrs d'eux-mêmes
certains, qui lurent au hasard, ont éprouvé
un bref malaise, un dégoût vague
un choc troublant leur inconscience
– galet lancé dans leur eau tiède.

D'autres qui pensaient n'être rien
respirent mieux, vivent plus haut
et redressent la tête, épurés, délivrés
comme si remontaient de l'abîme un pardon,
un réconfort, un évangile, une promesse.
Pour eux les mots réconciliés sont harmonie
et signe.

Tous avaient sans la reconnaître
touché la poésie. Tous en furent brûlés.

Georges SÉDIR

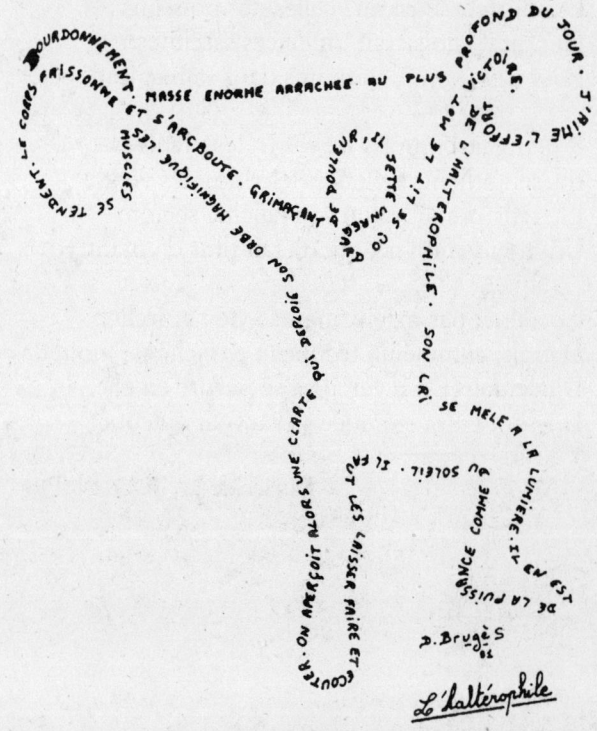

D. Brugès, *L'haltérophile*
© Photothèque Hachette

Le poète

Il marchait, entouré de bulles qui gravitent
Et reluisent ainsi que celles des poissons ;
La nuit il choisissait un de ces satellites
Pour s'endormir au moins dans sa respiration.

Il peuplait l'univers de ces frêles planètes,
Jouait sur leurs reflets et les rides des vents,
Et transformait selon son haleine secrète
Un monde fatigué, qui n'était plus d'enfant.

Ce n'était pas magie, mais sa vie naturelle.
Depuis, comme un troupeau ensaché de moiteur.
D'une soirée d'hiver, il va se perdre en elle,
Laissant l'étrange nuée s'évanouir ailleurs.

Patrice de LA TOUR DU PIN

À peine ouvert le livre...

À peine ouvert le livre, à la première page,
À la première phrase, à la première image
Nous voilà moussaillons sur un navire à voiles
Un timonier qui nous enseigne les étoiles,
Et nous dormons, dans nos hamacs, bercés de houle...

– "Emmenez-moi ! j'apporterai la carte et la boussole !"

Nous verrons des atolls et des récifs, de loin,
Des archipels et des îles désertes,
Des perroquets de plumes vertes,
Des cocotiers, des poissons-lune et des pingouins
Et des tortues qui pondent dans le sable.
– "Emmenez-moi ! j'apporterai d'autres livres de fables !"

Ou bien dans les forêts d'où l'ogre s'est enfui,
En file indienne, sans bruit, sans bruit,
Prudents nous marcherons dans les fougères,
Nous ferons halte à l'orée des clairières
Pour reconnaître à leur ramage les oiseaux dans les branches.

– "Emmenez-moi ! j'apporterai des pierres blanches !"

Ton poème

Marche n'arrête pas
de marcher d'ouvrir les portes
de soulever les pierres
de fouiller dans les tiroirs de l'ombre
de creuser des puits dans la lumière

cherche n'arrête pas
de chercher les traces de l'oiseau
dans l'air
l'écho dans le ravin
l'incendie dans les neiges
de l'amandier

tout l'ignoré
le caché
l'inconnu
le perdu

Cherche tu trouveras
le mot et la couleur
de ton poème

Jean-Pierre SIMÉON

Le beau
Est ce qui donne à vivre
L'innocence du monde.

Guillevic

LE POIDS DU TEMPS

Bascule...

Bascule à béton
dans les marchés du vent
la grue pèse
le poids des villes
le poids du temps

Joël SADELER

Premier sourire du printemps

Tandis qu'à leurs œuvres perverses
Les hommes courent haletants,
Mars qui rit, malgré les averses,
Prépare en secret le printemps.

Pour les petites pâquerettes,
Sournoisement lorsque tout dort,
Il repasse les collerettes
Et cisèle des boutons d'or.

Dans le verger et dans la vigne,
Il s'en va, furtif perruquier,
Avec une houppe de cygne,
Poudrer à frimas l'amandier.

La nature au lit se repose ;
Lui, descend au jardin désert,
Et lace les boutons de rose
Dans leur corset de velours vert.

Tout en composant des solfèges,
Qu'aux merles il siffle à mi-voix,
Il sème aux prés les perce-neige
Et les violettes aux bois.

Sur le cresson de la fontaine
Où le cerf boit, l'oreille au guet,
De sa main cachée il égrène
Les grelots d'argent du muguet.

Sous l'herbe, pour que tu la cueilles,
Il met la fraise au teint vermeil,
Et te tresse un chapeau de feuilles
Pour te garantir du soleil.

Puis, lorsque sa besogne est faite,
Et que son règne va finir,
Au seuil d'avril tournant la tête,
Il dit : « Printemps, tu peux venir ! »

Théophile GAUTIER

Le Printemps

Le Temps a laissé son manteau
De vent, de froidure et de pluie,
Et s'est vêtu de broderie
De soleil luisant, clair et beau.

Il n'y a bête ni oiseau
Qu'en son jargon ne chante ou crie :
« Le Temps a laissé son manteau
De vent, de froidure et de pluie. »

Rivière, fontaine et ruisseau
Portent en livrée jolie
Gouttes d'argent d'orfèvrerie ;
Chacun s'habille de nouveau :
Le Temps a laissé son manteau.

Charles d'Orléans

L'Hiver et l'Été

Hiver, vous n'êtes qu'un vilain.
Été est plaisant et gentil,
En témoin de Mai et d'Avril
Qui l'accompagnent soir et main.

Été revêt champs, bois et fleurs,
De sa livrée de verdure
Et de maintes autres couleurs,
Par l'ordonnance de Nature.

Mais vous, Hiver, trop êtes plein
De neige, vent, pluie et grésil ;
On vous dût bannir en exil.
Sans vous flatter, je parle plain,
Hiver, vous n'êtes qu'un vilain.

Charles D'ORLÉANS

Automne

septembre   octobre   novembre

Automne

Odeur des pluies de mon enfance
Derniers soleils de la saison !
À sept ans comme il faisait bon
Après d'ennuyeuses vacances,
Se retrouver dans sa maison !

La vieille classe de mon père,
Pleine de guêpes écrasées,
Sentait l'encre, le bois, la craie
Et ces merveilleuses poussières
Amassées par tout un été.

Ô temps charmant des brumes douces,
Des gibiers, des longs vols d'oiseaux,
Le vent souffle sous le préau,
Mais je tiens entre paume et pouce
Une rouge pomme à couteau.

René Guy CADOU

Chanson d'automne

Les sanglots longs
Des violons
    De l'automne
Blessent mon cœur
D'une langueur
    Monotone.

Tout suffocant
Et blême, quand
    Sonne l'heure,
Je me souviens
Des jours anciens
    Et je pleure ;

Et je m'en vais
Au vent mauvais
    Qui m'emporte
Deçà, delà,
Pareil à la
    Feuille morte.

Paul VERLAINE

Paul Verlaine, par Pearon (1869).
© Photothèque Hachette

La feuille

De sa tige détachée,
Pauvre feuille desséchée,
Où vas-tu ? — Je n'en sais rien.
L'orage a brisé le chêne
Qui était mon seul soutien.
D'Aquilon la froide haleine
Depuis ce jour me promène
De la montagne à la plaine,
De la forêt au vallon.
Je vais où le vent me mène
Sans me plaindre ou m'effrayer.
Je vais où va toute chose,
Où va la feuille de rose
Et la feuille de laurier.

Antoine-Vincent ARNAULT

Noël

Tout l'amour tente encor de gagner la bataille
La neige du jardin a pris son air d'été.
Dieu glisse doucement de la femme à la paille
L'aile de l'ange porte un peu de sang léger.

J'écoute quelque part marcher de lourdes bêtes,
La lune fait briller des tapis à leurs flancs
Et des rois costumés d'avance pour la fête
Avec des gestes ronds se parlent d'un enfant.

Cette année à Noël j'ai l'âge de la crèche,
Sa bonne chaude paille et le souffle profond
Du vieil âne et du bœuf qui réchauffe la neige.
J'ai mille ans de pitié enfermés sous mon front.

Que l'enfant est petit sans fin remis au monde !
J'ai mal en cette nuit pour les projets de Dieu,
Pour l'ange refusé, pour l'étoile qui tombe,
Pour ce qui est en route et pleure dans nos yeux.

Andrée SODENKAMP

Voici Noël, voici...

*

Voici Noël, voici les flocons bleus,
voici les mots que je voulais te dire
et voici le lait, l'orange et la cire
qui se consume auprès d'un cœur en feu.

*

Voici Noël ! O clartés, ô mystères,
tous les oiseaux vont se mettre à chanter
et je t'apporte une rose d'été
où dorment tous les parfums de la Terre.

*

Voici Noël, les vents bercent les blés.
Je pense à ceux qui tremblent dans les
                    larmes.
Je pense à ceux qui saignent sous les
                    armes
Je pense aux cœurs comme aux greniers,
                    comblés.

*

Voici Noël. L'étoile au reflet fin
marque ma route et je suis ce roi mage
aux mains emplies et de fleurs et d'images
qui te salue au bord d'un vieux chemin.

                    Pierre Gamarra

La neige

Regardez la neige qui danse
Derrière le carreau fermé.
Qui là-haut peut bien s'amuser
À déchirer le ciel immense
En petits morceaux de papier ?

Pernette CHAPONNIÈRE

*

La cinquième saison

Rosée et jonquilles,
le merle chantant :
printemps.
Grand soleil qui brille,
fruits en liberté :
été.
Pluie et vent qui fouettent,
arbres qui frissonnent :
automne.
Gel qui désinfecte,
le jardin désert :
hiver.

Pour ces quatre couplets d'amour
qu'on chante tour à tour,
le seul refrain de toutes les saisons :
la joie de vivre, cinquième saison.

Armand MONJO

Saison des semailles. Le soir

C'est le moment crépusculaire.
J'admire, assis sous un portail,
Ce reste de jour dont s'éclaire
La dernière heure du travail.

Dans les terres, de nuit baignées,
Je contemple, ému, les haillons
D'un vieillard qui jette à poignées
La moisson future aux sillons.

Sa haute silhouette noire
Domine les profonds labours.
On sent à quel point il doit croire
À la fuite utile des jours.

Il marche dans la plaine immense,
Va, vient, lance la graine au loin,
Rouvre sa main, et recommence,
Et je médite, obscur témoin,

Pendant que, déployant ses voiles,
L'ombre, où se mêle une rumeur,
Semble élargir jusqu'aux étoiles
Le geste auguste du semeur.

Victor HUGO

Quand vient le soir

Quelle est celle qui passe
Quand vient le soir ?
Des ombres glissent dans l'impasse
Et dansent dans le noir
Elles se reflètent dans la glace
Sauras-tu la voir ?

Sylvestre CLANCIER

*

Lorsque la ville...

Lorsque la ville a fini son tour
Et que s'endorment les sources chaudes
S'allume l'hôtel blanc des lumières
Aux carrés bleus comme le ciel
Ville dans la ville,
Diamant contre le soir des parcs
Tandis qu'au loin, les maisons gagnent le large
Dans la nuit maritime des campagnes.

Claude de BURINE

La ville s'endort

La ville s'endort
derrière les étals du rêve
fourbue
sous ses paupières de nylon.

Les masques du néon
grimacent
au carrefour des tristes avenues.

Sang d'or La ville
flambe
comme un bol géant
de punch

La douce peau des pierres sous la lune
excite l'œil
où danse en robe à paillettes
presque nue dans la rue
la neige
la neige qui brûle
tous les feux rouges
de la nuit.

Raoul BÉCOUSSE

Recueillement

Sois sage, ô ma Douleur, et tiens-toi plus tranquille.
Tu réclamais le Soir ; il descend ; le voici :
Une atmosphère obscure enveloppe la ville,
Aux uns portant la paix, aux autres le souci.

Pendant que des mortels la multitude vile,
Sous le fouet du Plaisir, ce bourreau sans merci,
Va cueillir des remords dans la fête servile,
Ma Douleur, donne-moi la main ; viens par ici,

Loin d'eux. Vois se pencher les défuntes Années,
Sur les balcons du ciel, en robes surannées ;
Surgir du fond des eaux le Regret souriant ;

Le Soleil moribond s'endormir sous une arche,
Et, comme un long linceul traînant à l'Orient,
Entends, ma chère, entends la douce Nuit qui marche.

Charles BAUDELAIRE

La nuit

Elle est venue la nuit de plus loin que la nuit
À pas de vent de loup de fougère et de menthe
Voleuse de parfum impure fausse nuit
Fille aux cheveux d'écume issus de l'eau dormante

Après l'aube la nuit tisseuse de chansons
S'endort d'un songe lourd d'astres et de méduses
Et les jambes mêlées aux fuseaux des saisons
Veille sur le repos des étoiles confuses

Sa main laisse glisser les constellations
Le sable fabuleux des mondes solitaires
La poussière de Dieu et de sa création
La semence de feu qui féconde les terres

Mais elle vient la nuit de plus loin que la nuit
À pas de vent de mer de feu de loup de piège
Bergère sans troupeaux glaneuse sans épis
Aveugle aux lèvres d'or qui marche sur la neige

Claude ROY

Le bout du monde

À la nuit noire
Quand l'œil lunaire
Ne regarde pas
Les forêts aux mille mâts
Lèvent l'ancre
Et
Imperceptiblement
Dans d'inimaginables musiques
Bercent leurs oiseaux
Jusqu'au vrai
Bout du monde.

Gilles BRULET

Les enfants de la Terre

« S'il vous plaît, disait l'étoile,
Laissez-moi briller encore,
Il n'y a que mille siècles
Que j'ai bondi dans un rêve.

Laissez-moi bien regarder
Cette planète aux cieux bleus,
Ces beaux enfants de la Terre
Qui ne veulent pas dormir.

Lorsque je me sens trop seule
Dans le noir désert des astres,
J'aime errer sur leur sourire
Et m'apaiser dans leurs yeux. »

Gérard BOCHOLIER

Pâle étoile du soir

Pâle étoile du soir, messagère lointaine,
Dont le front sort brillant des voiles du couchant,
De ton palais d'azur, au sein du firmament,
      Que regardes-tu dans la plaine ?

La tempête s'éloigne, et les vents sont calmés.
La forêt, qui frémit, pleure sur la bruyère ;
Le phalène doré, dans sa course légère,
      Traverse les prés embaumés.
      Que cherches-tu sur la terre endormie ?
Mais déjà vers les monts je te vois t'abaisser ;
Tu fuis, en souriant, mélancolique amie,
Et ton tremblant regard est près de s'effacer.

Étoile qui descends sur la verte colline,
Triste larme d'argent du manteau de la Nuit,
Toi que regarde au loin le pâtre qui chemine,
Tandis que pas à pas son long troupeau le suit, —
Étoile, où t'en vas-tu, dans cette nuit immense ?
Cherches-tu sur la rive un lit dans les roseaux ?
Où t'en vas-tu si belle, à l'heure du silence,
Tomber comme une perle au sein profond des eaux ?
Ah ! si tu dois mourir, bel astre, et si ta tête
Va dans la vaste mer plonger ses blonds cheveux,
Avant de nous quitter, un seul instant arrête ; —
Étoile de l'amour, ne descends pas des cieux !

Alfred de MUSSET

Eugène Lami.
Illustration pour les Œuvres d'Alfred de Musset.
© Photothèque Hachette

Ballade à la lune

C'était, dans la nuit brune,
Sur le clocher jauni,
          La lune,
Comme un point sur un i.

Lune, quel esprit sombre
Promène au bout d'un fil,
          Dans l'ombre,
Ta face et ton profil ?

Es-tu l'œil du ciel borgne ?
Quel chérubin cafard
          Nous lorgne
Sous ton masque blafard ?

N'es-tu rien qu'une boule ?
Qu'un grand faucheux bien gras
          Qui roule
Sans pattes et sans bras ?

Es-tu, je t'en soupçonne,
Le vieux cadran de fer
          Qui sonne
L'heure aux damnés d'enfer ?

Sur ton front qui voyage
Ce soir ont-ils compté
          Quel âge
A leur éternité ?
(...)

T'aimera le vieux pâtre,
Seul, tandis qu'à ton front
　　D'albâtre
Ses dogues aboieront.

T'aimera le pilote
Dans son grand bâtiment,
　　Qui flotte,
Sous le clair firmament !

Et la fillette preste
Qui passe le buisson,
　　Pied leste,
En chantant sa chanson.

Comme un ours à la chaîne,
Toujours sous tes yeux bleus
　　Se traîne
L'Océan monstrueux.

Et qu'il vente ou qu'il neige,
Moi-même, chaque soir,
　　Que fais-je,
Venant ici m'asseoir ?

Je viens voir à la brune,
Sur le clocher jauni,
　　La lune
Comme un point sur un i.

Alfred de MUSSET

Le rêve de la lune

Si la lune brille
quand tu dors,
c'est pour planter
des milliers de soleils pour demain.
Si tout devient silence
quand tu dors,
c'est pour préparer
le chant de milliers d'oiseaux
et dorer les ailes des libellules.
Si la lune tombe dans tes bras
quand tu dors,
c'est pour rêver avec toi
des milliers d'étoiles.

Marie BOTTURI

Matin triste

Les arbres noirs de l'avenue
Ont de pauvres gestes d'effroi
Au matin brumeux sous le froid
Qui torture leur âme nue...

Huit heures sonnent au beffroi :
Les piétinements de cohue
Tirent à dia, tirent à hue
Leur lot d'ennuis et de bon droit.

L'autobus vert, sur le bitume
Gris, grince... crisse... siffle... et fume,
Au signal de l'Autorité.

Et, fidèle à son coin d'asphalte,
Le crieur de service exalte
La vie en passage clouté.

Vital HEURTEBIZE

Le matin est un œuf bleu

Le matin est un œuf bleu
que couve le printemps.
Les lilas font déjà
de petites explosions vertes,
des crocus bleus comme des lapins bleus
courent l'herbe.
Ils n'ont chacun qu'une oreille.

Deux tourterelles sur le cerisier
vivent en célibataires.
Elles sont un peu fanées,
mais fraternelles.
Le chat cueille de l'œil, sans bouger,
des mésanges bleues.
Très vaguement cruel, il n'aime pas
se nourrir de couleurs vives.

Parlez-moi d'un moineau dodu,
tiède comme un poussin d'élevage
cuit à la broche.
Ce chat-là est d'ailleurs plutôt spectateur.
Cela lui plaît la kermesse des pigeons
au moment des graines
et ce rouge-gorge familier
qui pavoise comme un drapeau,
et cette musaraigne diabolique,
l'autre jour,
qui trottait comme une souris mécanique,
pattes rentrées.

Il a bien fallu la laisser filer
puisqu'on n'y comprenait rien.
Ce sont là ses jouets quotidiens.

C'est long une journée de chat bien nourri.
On ne peut quand même pas tout le temps
regarder la télévision.

Andrée SODENKAMP

La venue du jour

Soudain le cœur se tait
la main se pose

dans les maisons
les gens se disent
de graves secrets

l'ombre des arbres
nous ressemble
attentive et muette

il nous vient un bonheur
du plus loin que nous-mêmes

de chaque pierre
va naître un oiseau
de chaque lampe
un visage un soleil
et dans chaque fenêtre
une aube pour nos yeux

Jean-Pierre SIMÉON

La vitre bleue

Sur la vitre bleue
Des fenêtres blanches,
Le ciel s'endimanche
Même quand il pleut.

Au gré des saisons,
La vitre protège
Tant de papillons
D'été ou de neige

Que la nuit aidant,
Parfois il me semble
Que le verre en tremble
Sans le moindre vent.

Quand le jour se lève
Dans la vitre bleue,
Le rêve s'achève,
Je cligne des yeux.

Au bout de la nuit,
Le soleil prend feu.
Et la maison bruit
Sous la vitre bleue.

Pierre CORAN

Bien le bonjour !

Quel beau matin pour entrouvrir
Un à un des yeux pleins de rêves :
Il ne demande qu'à grandir
Ce petit jour nu qui se lève.

La nuit qui dormit dans mon lit
En rond, comme chatte au soleil,
Sans un mot d'adieu s'est enfuie...
— Dansent les souris du réveil !

Les couleurs se frottent les cils :
Leur maquillage est à refaire.
Chaque chose reprend le fil
De la vie et de la lumière.

Quelle appétissante journée
Qui fleure bon le pain d'épice !
Partout la joie montre son nez,
L'air doux a un goût de réglisse.

Comment nommer cet aujourd'hui
Qui joue et pépie dans les branches ?
Si tu n'es pas un mercredi,
Beau masque, tu es un dimanche !

Marc ALYN

Les baleines

Du temps qu'on allait encore aux baleines, si loin qu'ça faisait, mat'lot, pleurer nos belles, y avait sur chaque route un Jésus en croix, y avait des marquis couverts de dentelles, y avait la Sainte-Vierge et y avait le Roi !

Du temps qu'on allait encore aux baleines, si loin qu'ça faisait, mat'lot, pleurer nos belles, y avait des marins qui avaient la foi, et des grands seigneurs qui crachaient sur elle, y avait la Sainte-Vierge et y avait le Roi !

Eh bien, à présent, tout le monde est content, c'est pas pour dire, mat'lot, mais on est content !... Y a plus d'grands seigneurs ni d'Jésus qui tiennent, y a la république et y a l'président, et y a plus d'baleines !

Paul FORT

JE T'ÉCRIS

Je t'écris sur des feuilles
J'écris sur l'eau, le sable :
Le souffle que je cueille,
Un bonheur impalpable

Le temps est ma maison
Mon fleuve et mon passage.
Y meurt, y naît le son.
Le chant me dévisage.

Où habite le cœur
De nos corps périssables ?
Qui sonne pour nous l'heure
Et met le pain sur table ?

Frédéric KIESEL

Le paresseux

Lundi je traînaille,
Mardi je travaille
Tout doux.

Mercredi je bâille,
Que jeudi s'en aille
Aux loups.

Enfin je tressaille,
Vendredi sonnaille,
Je bous.

Aux suivants sans faille,
Je ferai ripaille...
Et vous ?

Antoine ANTONUCCI

On vient de me voler... — Que je plains ton malheur !
— Tous mes vers manuscrits. — Que je plains le voleur !

Ponce-Denis ÉCOUCHARD-LEBRUN

LES JOIES ET LES PEINES

L'amitié

Elle est le vent sur la prairie
qui caresse les graminées
les mains douces des alizés.

Elle est l'aube sur la colline
la fleur offerte que lutine
de ses ailes le papillon.

Elle est la source qui jaillit
dans la nuit verte du vallon,
au fond du cœur une chanson.

Elle est l'oiseau venu du ciel
la colombe de l'espérance
portant le rameau de la paix ;

Elle est le Prince sous son heaume
qui nous conduit vers le royaume
où commence l'enchantement.

Pierrette SARTIN

L'ami

L'ami est celui qui comprend
sans avoir besoin de paroles.
D'un seul regard il nous console
de nos chagrins petits ou grands.

L'ami est chaleur et lumière
il est la flamme et le flambeau
la source qui devient rivière
l'âme-sœur le frère jumeau.

Il est autre et pourtant nous-même
notre reflet et notre écho
dans le miroir d'un seul poème
dans le secret du jardin clos.

Pierrette SARTIN

Parce que c'était lui...

À cause d'un sourire
Ou d'une façon de parler,
De savoir combien douce est la terre
Et le nom des étoiles, le soir.

À cause des chevaux qu'il aime sur les prairies,
Des oiseaux dont il dit qu'ils voguent d'île en île,
Ou du silence de la rue
Tout emplie cependant de nos pas.

Ou de raisons plus simples encore ;
Un rien que j'aperçois
Un rien qu'il sait mieux que moi
Ou ce regard au moment qu'il regarde,
— Ou notre manière à nous de nous taire.

Il est lui et je suis moi,
Chacun sans raison d'être un autre,
Ni moi pour lui, ni lui pour moi :
Je pense à lui alors je sais qu'il pense à moi.

Philippe DELAVEAU

À l'ami lointain

Aujourd'hui,
comme tu aurais aimé
sur l'herbe vive d'avril
cet accord en bleu et blanc
du lilas
de la glycine
et de l'iris !
Toi qui crois
à la tremblante éternité
des beaux instants.

Jean LESTAVEL

Lettre à un ami

Il neige mon ami
sur la banquise de mon cœur

Il grêle mon ami
sur le gel de mes douleurs

Il pleut mon ami
sur la mare de mes soucis

Quand donc seras-tu là
pour repeindre ma nuit ?

Béatrice LIBERT

Miami

Nous tous, prisonniers du Hasard,
Rêvons parfois :
« Ô tous les amis que je ne peux avoir !
Ils dorment dans ces livres,
Vivent en d'autres villes,
Ne sont plus que des ombres,
Existeront sans moi. »
Il reste tant de jours de classe.
Il reste tant de jours de glace.
Sans eux.
Et je pleure la mort des possibles.

Jean-Luc DESPAX

Mille ans.

Mille ans sur l'Orient désert,
    Mille ans, une seconde,
Et les sables ont recouvert
    Les merveilles du monde.

Ainsi, de toute éternité,
    Effaçant toute chose,
Le temps vole sur la Beauté.
    Sur la tienne, il se pose.

Robert Houdelot

Guitare

Comment, disaient-ils,
Avec nos nacelles,
Fuir les alguazils ?
— Ramez, disaient-elles.

Comment, disaient-ils,
Oublier querelles,
Misère et périls ?
— Dormez, disaient-elles.

Comment, disaient-ils,
Enchanter les belles
Sans philtres subtils ?
— Aimez, disaient-elles.

Victor HUGO

Je te l'ai dit...

Je te l'ai dit pour les nuages
Je te l'ai dit pour l'arbre de la mer
Pour chaque vague pour les oiseaux dans les feuilles
Pour les cailloux du bruit
Pour les mains familières
Pour l'œil qui devient visage ou paysage
Et le sommeil lui rend le ciel de sa couleur
Pour toute la nuit bue
Pour la grille des routes
Pour la fenêtre ouverte pour un front découvert
Je te l'ai dit pour tes pensées pour tes paroles
Toute caresse toute confiance se survivent.

Paul ÉLUARD

La fleur rouge

À la place du ciel
Je mettrai son visage
Les oiseaux ne seront
Même pas étonnés

Et le jour se levant
Très haut dans ses prunelles
On dira « Le printemps
Est plus tôt cette année »

Beaux yeux belle saison
Viviers de lampes claires
Jardins qui reculez
Sans cesse l'horizon

On fait déjà les foins
Le long de ses paupières
Les animaux peureux
Viennent à la maison

Je n'ai jamais reçu
Tant d'amis à ma table
Il en vient chaque jour
De nouvelles étables

L'un apporte sa faim
Un autre la douleur
Nous partageons le peu
Qui reste tous en chœur

Qu'un enfant attardé
Passe la porte ouverte
Et devinant la joie
Demande à me parler

Pour le mener vers moi
Deux mains se sont offertes
Si bien qu'il a déjà
Plus qu'il ne désirait

La chambre est encombrée
De rivières sauvages
Dans le foyer s'envole
Une épaisse forêt

Et la route qui tient
En laisse les villages
Traîne sa meute d'or
Jusque sous les volets

Tous les fruits merveilleux
Tintent sur mon épaule
Son sang est sur ma bouche
Une flûte enchantée

Je lui donne le nom
De ma première enfance
De la première fleur
Et du premier été.

René Guy CADOU

Le Thé

Miss Ellen, versez-moi le Thé
Dans la belle tasse chinoise,
Où des poissons d'or cherchent noise
Au monstre rose épouvanté.

J'aime la folle cruauté
Des chimères qu'on apprivoise :
Miss Ellen, versez-moi le Thé
Dans la belle tasse chinoise.

Là sous un ciel rouge irrité,
Une dame fière et sournoise
Montre en ses longs yeux de turquoise
L'extase et la naïveté :
Miss Ellen, versez-moi le Thé.

Théodore de BANVILLE

Les yeux d'Elsa

Tes yeux sont si profonds qu'en me penchant pour boire
J'ai vu tous les soleils y venir se mirer
S'y jeter à mourir tous les désespérés
Tes yeux sont si profonds que j'y perds la mémoire

À l'ombre des oiseaux c'est l'océan troublé
Puis le beau temps soudain se lève et tes yeux changent
L'été taille la nue au tablier des anges
Le ciel n'est jamais bleu comme il l'est sur les blés

Les vents chassent en vain les chagrins de l'azur
Tes yeux plus clairs que lui lorsqu'une larme y luit
Tes yeux rendent jaloux le ciel d'après la pluie
Le verre n'est jamais si bleu qu'à sa brisure

Mère des Sept douleurs ô lumière mouillée
Sept glaives ont percé le prisme des couleurs
Le jour est plus poignant qui point entre les pleurs
L'iris troué de noir plus bleu d'être endeuillé

Tes yeux dans le malheur ouvrent la double brèche
Par où se reproduit le miracle des Rois
Lorsque le cœur battant ils virent tous les trois
Le manteau de Marie accroché dans la crèche

Une bouche suffit au mois de Mai des mots
Pour toutes les chansons et pour tous les hélas
Trop peu d'un firmament pour des millions d'astres
Il leur fallait tes yeux et leurs secrets gémeaux

L'enfant accaparé par les belles images
Écarquille les siens moins démesurément
Quand tu fais les grands yeux je ne sais si tu mens
On dirait que l'averse ouvre des fleurs sauvages

Cachent-ils des éclairs dans cette lavande où
Des insectes défont leurs amours violentes
Je suis pris au filet des étoiles filantes
Comme un marin qui meurt en mer en plein mois d'août

J'ai retiré ce radium de la pechblende
Et j'ai brûlé mes doigts à ce feu défendu
Ô paradis cent fois retrouvé reperdu
Tes yeux sont mon Pérou ma Golconde mes Indes

Il advint qu'un beau soir l'univers se brisa
Sur des récifs que les naufrageurs enflammèrent
Moi je voyais briller au-dessus de la mer
Les yeux d'Elsa les yeux d'Elsa les yeux d'Elsa

Louis ARAGON

Viens ! — une flûte invisible

Viens ! — une flûte invisible
Soupire dans les vergers. —
La chanson la plus paisible
Est la chanson des bergers.

Le vent ride, sous l'yeuse,
Le sombre miroir des eaux. —
La chanson la plus joyeuse
Est la chanson des oiseaux.

Que nul soin ne te tourmente.
Aimons-nous ! aimons toujours ! —
La chanson la plus charmante
Est la chanson des amours.

Victor HUGO

Une élégante étincelle
devint un jour l'amie
d'un robuste baril de poudre

Ils vécurent heureux longtemps
mais fort dangereusement

Jean ORIZET

*

Les galants

Les galants qui vous font la cour
font rimer amour
avec velours.
Ah ! Ah !
Les femmes ne sont pas folles :
amour rime avec casserole.

CLOD'ARIA

À une femme

Enfant ! si j'étais roi, je donnerais l'empire,
Et mon char, et mon sceptre, et mon peuple à genoux,
Et ma couronne d'or, et mes bains de porphyre,
Et mes flottes, à qui la mer ne peut suffire,
      Pour un regard de vous !

Si j'étais Dieu, la terre et l'air avec les ondes,
Les anges, les démons courbés devant ma loi,
Et le profond chaos aux entrailles fécondes,
L'éternité, l'espace, et les cieux, et les mondes,
      Pour un baiser de toi !

Victor HUGO

Rondel

Il fait noir, enfant, voleur d'étincelles !
Il n'est plus de nuits, il n'est plus de jours ;
Dors... en attendant venir toutes celles
Qui disaient : Jamais ! Qui disaient : Toujours !

Entends-tu leurs pas ?... Ils ne sont pas lourds :
Oh ! les pieds légers – l'Amour a des ailes...
Il fait noir, enfant, voleur d'étincelles !

Entends-tu leurs voix ?... Les caveaux sont sourds.
Dors : Il pèse peu, ton faix d'immortelles ;
Ils ne viendront pas, tes amis les ours,
Jeter leur pavé sur tes demoiselles...
Il fait noir, enfant, voleur d'étincelles.

Tristan CORBIÈRE

El Desdichado

Je suis le ténébreux, – le veuf, – l'inconsolé,
Le prince d'Aquitaine à la tour abolie :
Ma seule *étoile* est morte, – et mon luth constellé
Porte le *Soleil noir* de la *Mélancolie.*

Dans la nuit du tombeau, toi qui m'as consolé,
Rends-moi le Pausilippe et la mer d'Italie,
La *fleur* qui plaisait tant à mon cœur désolé,
Et la treille où le pampre à la rose s'allie.

Suis-je Amour ou Phébus ?... Lusignan ou Biron ?
Mon front est rouge encor du baiser de la reine ;
J'ai rêvé dans la grotte où nage la sirène...

Et j'ai deux fois vainqueur traversé l'Achéron :
Modulant tour à tour sur la lyre d'Orphée
Les soupirs de la sainte et les cris de la fée.

Gérard DE NERVAL

En Arles

Dans Arle, où sont les Aliscams,
Quand l'ombre est rouge, sous les roses,
        Et clair le temps,

Prends garde à la douceur des choses,
Lorsque tu sens battre sans cause
        Ton cœur trop lourd ;

Et que se taisent les colombes :
Parle tout bas, si c'est d'amour,
        Au bord des tombes.

Paul-Jean TOULET

L'exilé

Je n'habite nulle part.
Je n'ai plus de chair ni de cœur
Je n'ai que le souvenir
Qui tinte comme un glas.

Ma mémoire est de feuilles
De soleil et de brumes
De neige et de givre
Lorsque l'hiver est roi

Je n'ai plus ni pays
Ni maison,
Ni regard.

Je serai le chien qu'on écrase.

Claude de BURINE

Le dormeur du val

C'est un trou de verdure où chante une rivière
Accrochant follement aux herbes des haillons
D'argent ; où le soleil, de la montagne fière,
Luit : c'est un petit val qui mousse de rayons.

Un soldat jeune, bouche ouverte, tête nue,
Et la nuque baignant dans le frais cresson bleu,
Dort ; il est étendu dans l'herbe, sous la nue,
Pâle dans son lit vert où la lumière pleut.

Les pieds dans les glaïeuls, il dort. Souriant comme
Sourirait un enfant malade, il fait un somme :
Nature, berce-le chaudement : il a froid.

Les parfums ne font pas frissonner sa narine ;
Il dort dans le soleil, la main sur sa poitrine
Tranquille. Il a deux trous rouges au côté droit.

Arthur RIMBAUD

L'épitaphe Villon

(La Ballade des pendus)

Frères humains qui après nous vivez,
N'ayez les cœurs contre nous endurcis,
Car, si pitié de nous pauvres avez,
Dieu en aura de vous plus tôt merci.
Vous nous voyez ci attachés, cinq, six :
Quand de la chair, que trop avons nourrie,
Elle est piéça dévorée et pourrie,
Et nous, les os, devenons cendre et poudre.
De notre mal personne ne s'en rie :
Mais priez Dieu que tous nous veuille absoudre !

Si frères vous clamons, pas n'en devez
Avoir dédain, quoique fûmes occis
Par justice. Toutefois, vous savez
Que tous hommes n'ont pas bon sens rassis ;
Excusez-nous, puisque sommes transis,
Envers le fils de la Vierge Marie,
Que sa grâce ne soit pour nous tarie,
Nous préservant de l'infernale foudre.
Nous sommes morts, âme ne nous harie ;
Mais priez Dieu que tous nous veuille absoudre !

La pluie nous a bués et lavés,
Et le soleil desséchés et noircis ;
Pies, corbeaux, nous ont les yeux cavés,
Et arraché la barbe et les sourcils.
Jamais nul temps nous ne sommes assis ;
Puis çà, puis là, comme le vent varie,

À son plaisir sans cesser nous charrie,
Plus becquetés d'oiseaux que dés à coudre.
Ne soyez donc de notre confrérie ;
Mais priez Dieu que tous nous veuille absoudre !

Envoi

Prince Jésus, qui sur tout a maîtrie,
Garde qu'Enfer n'ait de nous seigneurie :
À lui n'ayons que faire ni que souldre.
Hommes, ici n'a point de mocquerie ;
Mais priez Dieu que tous nous veuille absoudre !

François VILLON

Demain, dès l'aube...

Demain, dès l'aube, à l'heure où blanchit la campagne,
Je partirai. Vois-tu, je sais que tu m'attends.
J'irai par la forêt, j'irai par la montagne,
Je ne puis demeurer loin de toi plus longtemps.

Je marcherai les yeux fixés sur mes pensées,
Sans rien voir au dehors, sans entendre aucun bruit,
Seul, inconnu, le dos courbé, les mains croisées,
Triste, et le jour pour moi sera comme la nuit.

Je ne regarderai ni l'or du soir qui tombe,
Ni les voiles au loin descendant vers Harfleur,
Et quand j'arriverai, je mettrai sur ta tombe
Un bouquet de houx vert et de bruyère en fleur.

Victor HUGO

Léopoldine Hugo, par Adèle Hugo.
© Photothèque Hachette - Musée Victor Hugo

Fin d'une ville

Beaucoup d'or fut consenti pour repeindre le ciel, effacer les orages, les mauvais songes. Mais les tours ne cessèrent de s'écrouler entraînant les gonfalons, les guetteurs, les carillons dans la poussière ocre et monotone du temps, en écrasant les espérances et les vignes – nul vin n'en fut plus recueilli que d'amertume, puis on brûla les ceps.

Chaque famille avait élevé sa noble tour toujours plus haut, et maintenant elles s'abattaient comme des lances l'une contre l'autre, joutes de l'absurde et du désespoir. Certains proposèrent d'oublier la joie des hautes tours, pour creuser, creuser des caves, des antres, des abîmes...

Que diraient les morts ? Les morts déjà déparlaient sous les gravats. Leurs voix emmêlées se tressaient et se dressaient tels des serpents jusqu'aux ultimes terrasses, où fleurit le basilic parmi les couleurs du linge qui sèche, et la jeunesse nue belle à mourir d'aimer.

Claude Michel CLUNY

AH ! QUE LA TERRE EST BELLE !

Ah ! que la terre est belle

Pour Isabelle.

Ah ! que la terre est belle
Crie une voix, là-haut,
Ah ! que la terre est belle
Sous le beau soleil chaud !

Elle est encor plus belle,
Bougonne l'escargot,
Elle est encor plus belle
Quand il tombe de l'eau.

Vue d'en bas, vue d'en haut,
La terre est toujours belle,
Et vive l'hirondelle
Et vive l'escargot !

Pierre MENANTEAU

Le temps des vacances

C'est le temps béni des vacances.
Le vent fait des nœuds d'hirondelles.
Le jour est rond comme une amande.
Tout le village sent le miel.
Le soleil a pendu sa lampe
Juste au-dessus des vaches blanches
Étonnées de n'avoir plus d'ombre,
Mais les prairies qui, près du bois,
Tremblent doucement sous leur poids
N'ont jamais été si profondes.

Maurice CARÊME

Je te donne ce poème

Je te donne ce poème,
le mot arbre, le mot maison,

et sentier, ruche, rivière,
mésange, jardin, lumière,

lune et soleil, nuit et jour,
étoile, sourire, amour,

le mot cœur, le mot caresse.

Je te donne la promesse
de l'amitié du monde.

Jean JOUBERT

Les roses de Saadi

J'ai voulu ce matin te rapporter des roses ;
Mais j'en avais tant pris dans mes ceintures closes
Que les nœuds trop serrés n'ont pu les contenir.

Les nœuds ont éclaté. Les roses envolées
Dans le vent, à la mer s'en sont toutes allées.
Elles ont suivi l'eau pour ne plus revenir.

La vague en a paru rouge et comme enflammée.
Ce soir, ma robe encore en est tout embaumée...
Respires-en sur moi l'odorant souvenir.

Marceline DESBORDES-VALMORE

Pourquoi n'allez-vous pas à Paris ?...

Pourquoi n'allez-vous pas à Paris ?
— Mais l'odeur des lys ! Mais l'odeur des lys !

— Les rives de la Seine ont aussi leurs fleuristes
— Mais pas assez tristes oh ! pas assez tristes !

Je suis malade du vert des feuilles et de chevaux
De servantes bousculées dans les remises du château

— Mais les rues de Paris ont aussi leurs servantes
— Que le diable tente ! que le diable tente !

Mais moi seul dans la grande nuit mouillée
L'odeur des lys et la campagne agenouillée

Cette amère montée du sol qui m'environne
Le désespoir et le bonheur de ne plaire à personne

— Tu périras d'oubli et dévoré d'orgueil
— Oui mais l'odeur des lys la liberté des feuilles !

René Guy CADOU

Mignonne, allons voir si la rose...

Mignonne, allons voir si la rose
Qui ce matin avait déclose
Sa robe de pourpre au soleil,
A point perdu cette vesprée
Les plis de sa robe pourprée
Et son teint au vôtre pareil.

Las ! voyez comme en peu d'espace,
Mignonne, elle a dessus la place,
Las, las, ses beautés laissé choir !
Ô vraiment marâtre Nature,
Puisqu'une telle fleur ne dure
Que du matin jusques au soir !

Donc, si vous me croyez, mignonne,
Tandis que votre âge fleuronne
En sa plus verte nouveauté,
Cueillez, cueillez votre jeunesse :
Comme à cette fleur la vieillesse
Fera ternir votre beauté.

Pierre de RONSARD

Le vieux rosier

Pour Tristan Klingsor.

Quand pourrai-je me reposer,
    Dit le rosier,
J'ai tant de roses, tant de roses...
C'est en hiver qu'il se repose.

Sait-il alors qu'il a porté
Le poids léger du mois de mai ?
Sait-il encor qu'une autre année
En décembre il portait trois roses ?

Ô vieux rosier, ce poids léger,
Accepte-le comme un poète
Qui, sous la blancheur de sa tête,
Voit s'épanouir la beauté.

Pierre MENANTEAU

Jardin perdu

Quand un jardin se perd,
Recouvert d'herbes folles,
D'orties et de sureaux,
Moi je sais qu'il s'en va

Dans les prairies du ciel,
Par les chemins d'étoiles,
Où ses lis et ses roses
Plus jamais ne se fanent.

Gérard BOCHOLIER

*

Le traître

Le tendre liseron sur l'épaule des fleurs
Pose en ami sa main légère.
Et puis très vite il exagère,
Il enlace, il embrasse, il devient étrangleur.

Lucienne DESNOUES

D'un vanneur de blé aux vents

À vous, troupe légère,
Qui d'aile passagère
Par le monde volez,
Et d'un sifflant murmure
L'ombrageuse verdure
Doucement ébranlez,

J'offre ces violettes,
Ces lis et ces fleurettes
Et ces roses ici,
Ces vermeillettes roses,
Tout fraîchement écloses,
Et ces œillets aussi.

De votre douce haleine
Éventez cette plaine,
Éventez ce séjour,
Cependant que j'ahanne
À mon blé que je vanne
À la chaleur du jour.

Joachim DU BELLAY

Arbolé Arbolé

La niña del bello rostro
está cogiendo aceituna.
El viento, galán de torres,
la prende por la cintura.
Pasaron cuatro jinetes,
sobre jacas andaluzas,
con trajes de azul y verde,
con largas capas obscuras
« Vente a Cordoba, muchacha. »
La niña no los escucha.

Pasaron tres torerillos
delgaditos de cintura,
con trajes color naranja
y espada de plata antigua.
« Vente a Sevilla, muchacha. »
La niña no los escucha.

Cuando la tarde se puso
morada, con luz difusa,
pasó un joven que llevaba
rosas y mirtos de luna.
« Vente a Granada, muchacha. »
La niña no lo escucha.

Arbrisseau, arbrisseau

La jeune fille au beau visage
est là, à cueillir des olives ;
Le vent qui courtise les tours
vient à la prendre par la taille.

Ont passé quatre cavaliers
sur petits chevaux andalous,
habillés d'azur et de vert
sous leurs vastes capes foncées.

« Pour Cordoue, mets-toi vite en route ! »
Mais la fille ne les écoute.

Ont passé trois toréadors
tout jeunes, et la taille fine,
en costumes couleur d'orange
avec épées de vieil argent.

« Pour Séville, mets-toi en route ! »
Mais la fille ne les écoute.

Lorsque le soir tourne au violet
dans une lumière diffuse,
passe un jeune homme qui portait
des roses, des myrtes de lune.

« Pour Grenade, mets-toi en route ! »
Mais la fillette ne l'écoute.

La niña del bello rostro
sigue cogiendo aceituna,
con el brazo gris del viento
ceñido por la cintura.

Federico GARCÍA LORCA

La fille au visage charmant
continue à cueillir l'olive
tandis que le bras gris du vent
par la taille la tient captive.

Federico GARCÍA LORCA
(Traduction de Bernard Lorraine.)

Le tilleul

La somnolence du dimanche
M'ayant couché sous le tilleul
Je cessai bientôt d'être seul.
Je fus d'abord la basse branche.

De marche en marche vers le dôme
Se porta mon être épandu.
Je le soutenais de mon fût,
J'étais le pilier de ce baume.

Puis vers les racines secrètes,
Vers le parallèle réseau,
Descendit mon âme d'en haut,
Et je fus cet arbre à deux têtes.

Pour retrouver mon âme humaine
À la place exacte du front
Il fallut le bruit de mon nom
Avec une main dans la mienne.

Pierre MENANTEAU

Green

Voici des fruits, des fleurs, des feuilles et des branches
Et puis voici mon cœur qui ne bat que pour vous.
Ne le déchirez pas avec vos deux mains blanches
Et qu'à vos yeux si beaux l'humble présent soit doux.

J'arrive tout couvert encore de rosée
Que le vent du matin vient glacer à mon front.
Souffrez que ma fatigue à vos pieds reposée
Rêve des chers instants qui la délasseront.

Sur votre jeune sein laissez rouler ma tête
Toute sonore encor de vos derniers baisers ;
Laissez-la s'apaiser de la bonne tempête,
Et que je dorme un peu puisque vous reposez.

Paul VERLAINE

Parapente

Bouton d'homme
qui s'élance
et déploie ses couleurs
comme une fleur japonaise
gorgée de vent
respirant les parfums
de la vie et du rêve
suspendue dans le souffle.

MÉNACHÉ

*

Europe

Arbre mutilé, maintenant sois libre !

Arbre écartelé par leurs convoitises,
Tes bras déchirés, tes bras ennemis
Fais-les se nouer, se croiser, s'étreindre,
Se quitter, se tordre et se prendre encore
De telle façon que tu ne sois plus
Un déploiement de forces divergentes,
Mais un seul destin, un amour, un arbre !

Charles VILDRAC

Désillusion

À Yves Cazaux.

Si vous croyez que l'oranger prend des vacances !
Si vous croyez qu'à la Sécurité sociale
vous trouverez le matricule d'un bouvreuil !
Si vous croyez que la comète en voyageant

met son carnet d'épargne au fond de sa valise !
Si vous croyez qu'au mois de juin le scarabée
gagne, boudeur, sa résidence secondaire !
Si vous croyez qu'au moindre accident de la route,

saignant, hagard et dégoûté de son destin,
l'azur reçoit des soins gratuits à l'hôpital !
Si vous croyez que le silex crie sa révolte

d'être depuis cent millénaires le silex
privé d'amis ! Si vous croyez que l'océan
si pur se laisse apitoyer par l'injustice !

Alain BOSQUET

Celui qui entre par hasard...

Celui qui entre par hasard dans la demeure d'un poète
Ne sait pas que les meubles ont pouvoir sur lui
Que chaque nœud du bois renferme davantage
De cris d'oiseaux que tout le cœur de la forêt
Il suffit qu'une lampe pose son cou de femme
À la tombée du soir contre un angle verni
Pour délivrer soudain mille peuples d'abeilles
Et l'odeur de pain frais des cerisiers fleuris
Car tel est le bonheur de cette solitude
Qu'une caresse toute plate de la main
Redonne à ces grands meubles noirs et taciturnes
La légèreté d'un arbre dans le matin.

René Guy CADOU

Poème trouvé en rêve

Dans la nuit profonde
Un petit ruisseau

Baigne de son onde
Un bel arbrisseau ;

La belle Esclarmonde
Le franchit d'un saut

Dans un autre monde
Né de mon pinceau.

Jean-Luc MOREAU

Le nuage

Un joli nuage blanc
arrive sur la ville
il joue
entre les toits
entre les tours
entre les flèches
il passe sur les ponts
et se voit gris
dans les reflets de l'eau
il se sent fatigué
il tousse un peu
il se regarde dans les vitrines
il se fait peur
il est devenu noir

le nuage s'en va
lâchant quelques larmes
quelques gouttes de pluie
il va se refaire une santé
à la campagne.

Luce GUILBAUD

Arc-en-ciel

Quand le soleil pleut
Et que la pluie luit,
Le ciel met le feu
À son parapluie.

Il sort d'une étoile
Des pinceaux de poils
Et de la blancheur,
Sa boîte à couleurs.

Puis il effiloche
Un paon fabuleux
Sur le chapeau-cloche
D'une ombrelle bleue.

Pierre CORAN

Quatrains atmosphériques

La brume

Un nuage est tombé par terre !
Voilà ce qu'on appelle brume :
De l'humidité en poussière.
— Mais couvre-toi, ou gare au rhume.

*

Le brouillard

Brume et brouillard sont-ils égaux ?
Pas tout à fait. L'une a sa corne,
Et l'autre se coupe au couteau.
Entre les deux, cherchez la borne.

*

La pluie

Il y aurait un réservoir,
Là-haut ? Il se pourrait qu'il fuie ?
Nous allons donc enfin savoir
La provenance de la pluie ?

*

La rosée

Malgré son beau nom, la rosée
Est transparente ainsi que l'eau :
Rose en la rose carminée,
Et verte aux rives du ruisseau.

*

L'embellie

Le ciel était noir, tout à l'heure,
On n'aurait pas osé sortir.
Mais vois : la lumière est meilleure.
Le grand soleil ! Il faut partir.

*

La canicule

Chaud, chaud, voici la canicule,
L'Été, par savantes raisons.
— On gèle, oui ! C'est ridicule.
Vrai « Il n'y a plus de saisons. »

Jean GUICHARD-MEILI

L'eau prise aux parois du verre

L'eau prise aux parois du verre
N'oublie pas son océan
La robe aux poissons d'argent
Ni le cours de la rivière

Femme au fil de la rosée
Source plus nue que le jour
Voudrait briser le cristal
Qui la piège en sa clarté

L'eau se souvient de la neige
D'avoir été dans le froid
Glace qui tient prisonnière
La course vive et la proie

Pour la femme qui la boit
L'onde est si pareille au verre
Qu'elle croit voir son miroir
Quand c'est la vague du soir

Qui l'emporte au fond des mers.

Hélène CADOU

Dans les coulisses de la pluie

Dans les coulisses de la pluie
La ville glisse vers le large

vaste paquebot de minuit
lent silencieux luminescent

mille hublots palpitent

et de hautes statues blanches
flottent, énigmatiques

Jacqueline SAINT-JEAN

Bateaux

J'aime la mer et les bateaux.
Je frissonne au moindre canot.
Je jouis du bonheur de l'eau.

Trois-mâts barque ou simple bachot,
tout ce qui peut nager se vaut.
J'ai grande houle dans la peau.

Que chacun vogue à son niveau,
fût-ce en radeau, fût-ce en cuveau.
Vivre beau c'est vivre à vau-l'eau.

Jean CUTTAT

Natation

Longues brasses coulées
face aux lointains rivages
dont le décor oscille
à chaque élan des jambes ;

ailes-pieds mesurant
les cadences du crawl,
quand les bras se remplissent
d'un vertige de ciel ;

pâmoison du silence,
dès que le corps repose
en surface, immobile,
et flottant sur lui-même.

Eau, féminine étreinte,
dégoulinante écorce
qui ne nous abandonne
qu'à l'épaulée du sol,
quand le nageur surgit,
émerveillé de s'être,
un instant, replongé
dans le liquide heureux
des naissances lustrales...

Jehan DESPERT

Dans la chambre cachée...

Dans la chambre cachée
une main sur la page
éveille les feuillages

La lampe ensommeille
son chemin de sable

Bruissement de mouettes
au fond du miroir

Derrière l'armoire
il y a la mer

Jacqueline SAINT-JEAN

Bien que la source

Bien que la source soit et ne soit pas
d'ici
   au flanc du mont sacré
   — à quelle soif avide d'elle
   ne donnes-tu jamais en toi
   assez à croître, assez à boire ?

J. U. Jenann

La flaque

La flaque d'eau reluit
Comme un regard.
Elle donne à voir
La pluie
Changée en miroir.

Frédéric KIESEL

*

Le Feu et l'Air,
l'Eau et la Terre

Nous asservissent ou nous libèrent
Nous exaltent ou nous ravagent
Nous aiment ou nous déciment

Selon le mystère des choses
Selon les clefs de l'instant.

Andrée CHEDID

Le feu

Il est sur la lande
au ventre du bois...
Le feu se demande
jusqu'où il ira.

Et le feu s'en va
mener sarabande.
Le feu dans les brandes
avance à grands pas.

Sa flamme gourmande
avale tout bas
les maisons, l'offrande
des bûches en tas.

Ô feu, mon beau feu,
vite... écoute-moi :
Des hommes sont là
pour que tu te rendes.

Ô feu, mon beau feu,
je te tends les bras.
Viens... la place est grande.
Mais déjà tu grondes...

Le feu est en moi !

Micheline DUPRAY

L'insoumise

Comme la vie est dure et grise !
Je me fais mal à coups de mots
     qui me conduisent,
la tête à l'ombre du billot,
près de Verlaine, avec Rimbaud.

Le monde ne m'a pas comprise.
Sous le soleil, quoi de nouveau ?
     C'est la devise
de ceux qui dorment le cœur gros :
La nuit ne m'a jamais conquise.

Je suis le feu. J'ai sa franchise
et sous mes regards comme il faut,
     en moi s'aiguisent
les grands couteaux de l'insoumise
qui vit à l'abri sous ma peau.

Micheline DUPRAY

Paul Verlaine et Arthur Rimbaud à Londres,
par Félix Régamey, 1872.
© Photothèque Hachette

Les grains de sable

Les grains de sable innombrables
les étoiles indomptables
et moi là-dedans, et moi
parmi ces milliards d'humains ?

Vois les lignes de ta main,
De tes doigts vois les empreintes.
Rien n'est pareil. L'être humain
À chaque fois est unique.
L'air est le même pour tous
et l'eau des puits est la même
et la terre où nous marchons.

Mais le feu qui brûle au fond
de toi, tant qu'il te fait vivre,
il est à toi, rien qu'à toi.

Liliane WOUTERS

Les poètes de *Fleurs d'encre*

ALYN Marc (Reims, Marne, 1937)
Ses trois premiers recueils publiés entre dix-sept et vingt
et un ans marquèrent son entrée en poésie ; il reçut le Prix
Max-Jacob à vingt ans. Il a écrit des recueils de poèmes
pour la jeunesse : *L'Arche enchantée* (Enfance heureuse,
1979), *Compagnons de la marjolaine* (*id.,* 1986). Sa poésie,
d'abord régulière, a ensuite utilisé des formes plus libres :
Infini au-delà (Flammarion, 1972), *La Parole planète* (*id.,*
1992), *L'œil imaginaire* (*L'Harmattan,* 1998).
59, 148[*].

ANOUILH Jean (Bordeaux, Gironde, 1910 – Lausanne,
Suisse, 1987)
L'un des plus grands auteurs de théâtre de notre siècle
connut dès sa pièce *L'Hermine* (1932) un succès qui ne se
démentit pas avec *La Sauvage* (1938), *Le Bal des Voleurs*

[*] Les numéros renvoient aux pages de ce recueil.

(*id.*), etc. Il publia en 1961 un recueil de Fables en souhaitant « *qu'on les lise aussi vite et aussi facilement que je les ai faites* ».
25.

ANTONUCCI Antoine (Redeyef, Tunisie, 1944)
151.

APOLLINAIRE Guillaume (Rome, Italie, 1880-Paris, 1918)
Wilhelm Apollinarius de Kostrowitzky se fit un nom d'écrivain de son prénom. Ami des peintres de son époque (Picasso, Braque, Matisse, Marie Laurencin), il fit connaître le cubisme. Son recueil *Alcools* (1913), correspondant bien à sa devise « J'émerveille », marque le début de la poésie « moderne » du XXᵉ siècle. Il a dessiné en poésie de célèbres *Calligrammes* (1918).
80.

ARAGON Louis (Neuilly-sur-Seine, Hauts-de-Seine, 1897-Paris, 1982)
Avec André Breton et Philippe Soupault, il fut l'un des fondateurs du mouvement surréaliste dans les années 20. Engagé politiquement (au parti communiste), il participa activement à la vie politique. Ses poèmes de la Résistance à l'occupation allemande pendant la guerre de 1939-1945 lui valurent une grande popularité, comme ses poèmes d'amour (*Les Yeux d'Elsa,* La Baconnière, Neuchâtel, 1942 ; *Le Musée Grévin,* Éditions de Minuit, 1943 ; *Elsa,* Gallimard, 1959).
41, 168.

ARNAULT Antoine-Vincent (Paris, 1766-1834)
D'abord favorable à la Révolution, il dénonça ensuite ses outrances et fut un moment emprisonné (1793). Il fit une brillante carrière sous le règne de Napoléon Ier. Son poème *La feuille* annonce le romantisme (*Fables,* 1812).
126.

BANVILLE Théodore Faulin de (Moulins, Allier, 1823 – Paris, 1891)
Son premier recueil, *Les Cariatides* (1842), lui assura un premier succès que confirma sa pièce de théâtre *Gringoire* (1866). Entre le romantisme et le parnasse, il fut un extraordinaire versificateur, un habile artisan du vers français, mais cette habileté ne manque pas de sensibilité comme le montrent ses *Odes funambulesques* (1857). Il a écrit un *Petit Traité de poésie française* (1872).
166.

BAUDELAIRE Charles (Paris, 1821-1867)
Son père, un ancien prêtre assermenté pendant la Révolution, l'initia à la peinture. Mais il mourut alors que Charles n'avait que six ans. Sa veuve se remaria avec le commandant Aupick, bientôt général, et Charles ne s'entendit pas avec son beau-père. Il fut placé sous tutelle à sa majorité. Toute sa vie, il fut en révolte contre cette situation et la société. Son recueil *Les Fleurs du mal* (1857) lui valut une condamnation pour « outrage à la morale publique ». Ce jugement stupide ne fut cassé qu'en 1949. Il est également l'auteur de *Poèmes en prose.*
96, 134.

BÉCOUSSE Raoul (Saint-Jean-des-Vignes, Saône-et-Loire, 1920)

Professeur de lettres, Raoul Bécousse s'est toujours généreusement engagé dans les luttes de notre temps pour la justice et la fraternité. Sa poésie est attentive aux humbles réalités de la vie quotidienne et à la quête d'une haute spiritualité : *Septembre m'a comblé* (Brun et Passot, 1947), *La Parole est aux collines* (Subervie, 1957), *L'unique oiseau* (Verso, 1981), *Le Vin d'août* (Rougerie, 1984), *Au bord du siècle* (*id.*, 1989), etc.
133.

BÉRIMONT André Leclerc, dit Luc (Magnac-sur-Touvre, Charente, 1915 – Amblaincourt-Hermeray, Yvelines, 1983)

Journaliste, homme de radio et de télévision, producteur d'émissions consacrées à la poésie et à la chanson, Luc Bérimont fut un poète chaleureux, d'un lyrisme parfois baroque, d'une grande richesse d'images. Il fut l'un des grands poètes de « l'école de Rochefort » avec son ami René Guy Cadou (*L'Herbe à tonnerre,* Seghers, 1958 ; *Comptines pour les enfants d'ici et les canards sauvages,* Saint-Germain-des-Prés, 1978 ; *L'Esprit d'enfance,* Enfance heureuse, 1980).
16.

BOCHOLIER Gérard (Clermont-Ferrand, Puy-de-Dôme, 1947)

Encore étudiant, Gérard Bocholier reçut le Prix Paul-Valéry qui marqua son entrée en poésie. Il est aujourd'hui professeur de lettres supérieures. Il dirige la revue de poésie *Arpa*. Sa poésie personnelle est riche d'un mystère qui atteint sou-

vent le tragique, elle sait faire naître et vibrer les images : *Si petite planète* (Cheyne, 1989), *Secret des lieux* (Rougerie, 1990), *Chants de Lazare* (Arrière-pays, 1998), *Poèmes du petit bonheur* (Hachette, « Fleurs d'encre », 1992).
137, 192.

BONAPARTE Napoléon.
Voir : Napoléon Bonaparte.

BOSQUET Alain (Odessa, Russie, 1919-Paris, 1998)
Pendant la Deuxième Guerre mondiale, il participa aux opérations militaires jusqu'à Berlin. À partir de 1951, fixé à Paris, il devint l'un de nos plus importants écrivains, excellant en divers genres : romancier, critique et poète. Sa poésie exprime une recherche métaphysique, ses images, souvent insolites, sont riches d'un surréalisme alliant la vie quotidienne et une dimension cosmique : *Le cheval applaudit* (Enfance heureuse, 1977), *Sonnets pour une fin de siècle* (Gallimard, 1980), *Le Tourment de Dieu* (*id.,* 1986), etc. Tous ses poèmes ont été réunis dans *Je ne suis pas un poète d'eau douce* (*id.,* 1996).
202.

BOTTURI Marie (Nogent-sur-Vernisson, Loiret, 1955)
Après avoir été journaliste et dirigé un centre d'information juridique et professionnelle, Marie Botturi est professeur de lettres. Ses premiers recueils ont immédiatement attiré l'attention sur sa poésie, forte, passionnée, où l'émotion personnelle est toujours sensible : *Le Miroir du rêve* (La Bartavelle, 1996), *Vers les jardins* (*id.,* 1997), *La nuit*

s'allume suivi de *Musiques bleues* (*id.,* 1998).
142.

BOUJUT Pierre (Jarnac, Charente, 1913-1992)
Tonnelier et « marchand de ferraille », il fonda et dirigea
la revue *La Tour de Feu* (1946-1986) qui eut une grande
importance pour maintenir la poésie vivante, refusant le
snobisme de l'hermétisme. Sa poésie exprime un ardent
pacifisme, une pensée fraternelle et généreuse, en même
temps qu'un grand bonheur de vivre : *Le Poète majeur* (La
Tour de Feu, 1951), *Conseils aux poètes* (*id.,* 1964, *Poèmes
de l'imbécile heureux* (*id.,* 1977).
84.

BRUGÈS Daniel (Neuvéglise, Cantal, 1958)
Après avoir été instituteur, Daniel Brugès est conseiller
pédagogique en arts plastiques et animateur en milieu sco-
laire pour la poésie. À l'origine de diverses manifestations
culturelles (*Foire du livre* de Ruynes-en-Margeride, *Foire
aux métiers d'art* de Clavières, *Agrifolies* de Neuvéglise), il
a créé la revue *Les Faiseurs de mots.* Il a publié une dou-
zaine de recueils de poèmes (*Éclats de lune pour un Pier-
rot, Je connais un pays, La Maison d'enfance, Adagio pour
un amour,* etc.).
109.

BRULET Gilles (Le Raincy, Seine-Saint-Denis, 1958)
Son manuscrit *Poèmes à l'air libre* a obtenu le Prix de poésie pour la jeunesse du ministère de la Jeunesse et de la Maison de Poésie en 1995 (Hachette Jeunesse, Fleurs d'encre).
Il travaille actuellement à la SNCF. Il a publié d'autres

recueils, d'une poésie pleine de tendresse et d'invention, *Au chaud de toi* (Maison Rhodanienne, 1989), *Autre Véronique* (Encres vives, 1997), *Ce grand poème qui passe* (Épi de seigle, 1997).
40, 136.

BURINE Claude de (Saint-Léger-des-Vignes, Nièvres, 1931)
Après avoir été institutrice à Casablanca, Claude de Burine a vécu à Paris, à partir de 1958. Ses nombreux recueils lui ont valu une renommée justifiée et de nombreux prix littéraires : *La Servante* (Saint-Germain-des-Prés, 1980), *Le Passager* (La Bartavelle, 1993), *L'Arbre aux oiseaux* (*id.,* 1996), *Le Pilleur d'étoiles* (Gallimard, 1997). Sa poésie est l'une des plus riches, sa voix l'une des plus personnelles de notre temps.
132, 176.

CADOU Hélène (Mesquer, Loire-Atlantique, 1922)
Ayant terminé ses études supérieures (maîtrise de philosophie), Hélène Laurent épousa le poète René Guy Cadou (1920-1951). Devenue bibliothécaire, elle-même poète, elle publia de très nombreux recueils d'une poésie délicate, *Retour à l'été* (La Maison de Poésie, 1992), *La Mémoire de l'eau* (Rougerie, 1993), *Le Livre perdu* (*id.,* 1998). Elle est conservateur de la demeure de René Guy Cadou à Louisfert-en-Poésie.
95, 210.

CADOU René Guy (Sainte-Reine-de-Bretagne, Loire-Atlantique, 1920 – Louisfert-en-Poésie, *id.,* 1951)
Orphelin de mère à douze ans, il vécut dans « une

maison d'école » (son père était instituteur) et il devint lui-même « maître d'école ». Il écrivit ses premiers poèmes dès 1935 et il fut encouragé par Michel Manoll, Max Jacob, Pierre Reverdy. En 1946, il avait épousé Hélène, à qui il dédia son plus célèbre recueil, *Hélène ou le Règne végétal* (Seghers, 1952). Fondateur (avec Jean Bouhier) d'un groupe d'écrivains appelé « l'École de Rochefort » (« une école buissonnière », disait Cadou), il est l'un des plus grands poètes du XXᵉ siècle. Son œuvre complète a été réunie dans *Poésie la vie entière* (Seghers, 1977).
123, 165, 189, 203.

CARÊME Maurice (Wavre, Belgique, 1899 – Bruxelles, Belgique, 1978)
D'abord instituteur, Maurice Carême se consacra uniquement à la littérature à partir de 1942. Un tiers de son œuvre abondante comprend des poèmes destinés à l'enfance. Mais on y trouve aussi des textes graves, et parfois tragiques. Attentif aux êtres et aux choses de la nature, il aimait visiter à pied les campagnes de son Brabant natal. Sa poésie naît de l'alliance de la simplicité de l'écriture et du mystère suggéré : *Petites légendes* (Le Sablier, 1949 ; *Au clair de la lune,* 1987, « Fleurs d'encre », Hachette, 1993 ; *À l'ami Carême, id. ; Pigeon vole, id.*).
13, 28, 53, 186.

CHAPONNIÈRE Pernette (Genève, Suisse, 1916)
Écrivain suisse de langue française, Pernette Chaponnière a publié des romans, des essais, des recueils de poèmes :

Vingt noëls pour la jeunesse (La Baconnière, 1945), *Petites poésies des quatres saisons* (La joie de lire, 1950).
129.

CHARLES D'ORLÉANS (Paris, 1394 – Amboise, Indre-et-Loire, 1465)
Fils de Louis d'Orléans (le frère du roi Charles VI), il devint chef du parti des Armagnac à treize ans et fit la guerre contre les Bourguignons jusqu'à la victoire (1414). Blessé à la bataille d'Azincourt (1415), il fut fait prisonnier par les Anglais et resta vingt-cinq ans en Grande-Bretagne. À son retour, il épousa Marie de Clèves et se retira dans son château de Blois au milieu d'une cour d'amis et de poètes. Il eut trois enfants dont le futur roi Louis XII. Sans avoir régné, il fut petit-fils, neveu, cousin, père de rois. Il fut un poète dont le charme n'a cessé d'opérer, malgré le vieillissement de la langue : sa poésie paraît toujours chanter sans effort.
120, 121.

CHARPENTREAU Jacques (Les Sables-d'Olonne, Vendée, 1928)
Directeur de la collection « Fleurs d'encre » (Hachette Jeunesse). Il a publié une vingtaine de recueils : *Poèmes pour peigner la girafe* (Gautier-Languereau, 1994), *Prête-moi ta plume* (Fleurs d'encre, Hachette, 1990), *La Part des anges* (La Maison de Poésie, 1998).
33, 41.

CHEDID Andrée (Le Caire, Égypte, 1920)
Française d'origine libanaise, Andrée Chedid, qui habite

Paris depuis 1946, est une romancière célèbre. Elle se fait une haute idée de la poésie. Ses nombreux recueils ont été réunis dans *Textes pour un poème 1949-1970, Poèmes pour un texte (1970-1991)* et *Par-delà les mots* (Flammarion, 1995).
216.

CHÉNIER André (Constantinople, Turquie, 1762 – Paris, 1794)
Né d'un père consul de France à Constantinople et d'une mère grecque, il vint en France, à Paris, en 1773. Après avoir voyagé, il revint en France en 1790 et il soutint la Révolution à ses débuts. Il en récusa les violences, s'opposa aux Jacobins et il fut arrêté en 1794. Il fit passer à l'extérieur de la prison ses poèmes écrits en caractères microscopiques sur des bandes de papier pelure. Il fut guillotiné le 25 juillet 1794, deux jours avant la chute de Robespierre. Son œuvre ne fut publiée qu'en 1819, et l'on put alors découvrir l'un de nos plus grands poètes.
106.

CLANCIER Sylvestre (Limoges, Haute-Vienne, 1946)
Ses études supérieures de philosophie l'ont amené à des recherches sur l'allégorie et le symbolisme. Éditeur pendant vingt ans, il enseigne la littérature française à l'Université de Paris I. Il a publié un ouvrage de « politique-fiction », *Le Testament de Mao,* et divers recueils de poèmes : *L'Herbier en feu* (Proverbe, 1994), *Enfance (id.,* 1994), *Le Présent composé* (Écrits des Forges-Proverbes, 1996).
132.

CLOD'ARIA (Paris, Seine, 1916)

Élevée en Vendée, elle y devint institutrice, puis se consacra uniquement à l'écriture à partir de 1961. Sa poésie s'attache souvent à la vie quotidienne, dans une expression très simple, sans grandiloquence, mais riche de symboles. Elle a publié une vingtaine de recueils, dont *L'Enfance inépuisable* (Traces, 1994), *Solo pour un Petit Prince* (En Forêt, 1995), *Le cœur s'obstine* (Échoptique, 1997).

171.

CLUNY Claude Michel (1930)

Romancier, nouvelliste, critique littéraire, Claude Michel Cluny a fondé en 1989 la collection de poésie au format de poche « Orphée » qui, avec plus de deux cents titres, contribue à faire vivre la poésie. Son œuvre poétique personnelle lui a valu de nombreux prix littéraires : *Poèmes du fond de l'œil* (Gallimard, 1989), *Odes profanes* (La Différence, 1989), *Poèmes d'Italie* (*id.,* 1996).

182.

CORAN Pierre (Mons, Belgique, 1934)

Directeur de l'école d'application de Mons, il a démissionné en 1980 pour se consacrer à l'écriture. Romancier et poète, il a reçu en 1989 le Prix de poésie pour la jeunesse du ministère de la Jeunesse et des Sports et de la Maison de Poésie, avec *Jaffabules* (Hachette, Le Livre de Poche Jeunesse, « Fleurs d'encre », 1990). Fantaisie, humour et sensibilité se conjuguent dans sa poésie destinée aux jeunes lecteurs : *Direlire* (huit titres depuis 1985, Casterman), *Printemps d'artistes* (L'École

des loisirs), *Chats qui riment et rimes à chats* (Gamma-Hurtebise, 1995).
147, 207.

CORBIÈRE Édouard, dit Tristan (Plonjean, Finistère, 1845 – Morlaix, Finistère, 1875)
Souffrant de graves rhumatismes, il ne put mener une vie très active. Il mourut à trente ans. Sa poésie fut peu connue de son vivant, son recueil *Les Amours jaunes,* édité aux frais de son père, ne fut tiré qu'à cinq cents exemplaires. C'est Verlaine qui attira sur lui, dans ses *Poètes maudits* (1883), une attention qui lui donna une place importante parmi les poètes du XIXe siècle finissant.
173.

COTIN Charles (Paris, 1604-1682)
Prédicateur, aumônier du roi, l'abbé Cotin n'était pas le médiocre caricaturé par Molière dans *Les Femmes savantes* (1672) sous le nom de « Trissotin » (d'abord « Tricotin ») et caricaturé par Boileau dans ses *Satires.* Poète galant et précieux, il fréquentait l'Hôtel de Rambouillet. Il contre-attaqua ses détracteurs dans ses satires, avec beaucoup de verve, notamment Boileau.
83.

CUTTAT Jean (Porrentruy, Jura suisse, 1916 – Fourbihan, Loire-Atlantique, 1992)
Pendant la dernière guerre, il participa à la création des Éditions des Portes de France, en Suisse, qui publièrent des recueils de poèmes de la Résistance. Il vint ensuite à Paris où il fut libraire et antiquaire. De retour en

Suisse en 1966, il se joignit à la lutte des habitants du Nord du Jura suisse pour obtenir l'autonomie de leur région. Sa poésie, lue dans les rassemblements, rencontra l'adhésion populaire (*Les Couplets de l'oiseleur,* Bertil Galland, Lausanne, 1967 ; *Noël d'Ajoie,* Le Pré carré, Porrentruy, 1974). Son œuvre a été réunie dans *Les Poèmes de Jean Cuttat* (La Bibliothèque jurassienne, Delémont, 1989).
64, 212.

DAUBIER Louis Dupont, dit Louis (Bruxelles, Belgique, 1924)
Poète et critique littéraire, il a été longtemps professeur à l'École normale et au Conservatoire de Bruxelles. Sa poésie est sensible et d'une grande élégance : *Bêtes à Bon Dieu* (1982), *La Parole et le chant* (1988).
89.

DECAUNES Luc (Marseille, Bouches-du-Rhône, 1913)
Instituteur, il fonda dès 1935 la revue *Soutes* et fréquenta les milieux surréalistes. Après la guerre et la captivité, il travailla à Radio-Dakar. De retour à Paris (1959), il participa à l'équipe du Théâtre de l'Est Parisien. Sa poésie, d'une rare vigueur, d'une magnifique musicalité, est celle de l'un de nos plus importants poètes contemporains. Ses recueils sont très nombreux, ils imposent l'évidence de la poésie : *Mortification des fontaines* (La Bartavelle, 1987), *Le Cœur légendaire* (*id.,* 1990), *Poésie* (La Maison de Poésie, 1992).
94, 104.

DELAVEAU Philippe (Paris, 1950)

Il a vécu longtemps en Angleterre qu'il considère un peu comme son second pays. On retrouve dans l'harmonie de ses poèmes son goût pour la musique : il aurait aimé devenir compositeur et chef d'orchestre. Il est professeur à Paris. *Eucharis* (Gallimard, 1989), *Le Veilleur amoureux* (*id.*, 1992), *Les Secrets endormis* (Les Écrits des Forges, 1993).
157.

DERÈSE Anne-Marie (Franière, Belgique, 1938)

Elle a fait à Namur ses études secondaires, puis artistiques. Alors qu'elle était déjà mariée, mère de famille, elle a commencé à écrire en 1977, sous l'influence d'Andrée Sodenkamp, et elle s'est révélée comme l'un des poètes les plus importants de la poésie française. Ses textes sont lyriques, frémissants, d'une poésie qui a un ton personnel : *Visage volé à l'oiseau* (Dieu-Brichart, 1985), *La nuit s'ouvre à l'orage* (Le Cherche Midi, 1990), *Le Secret des portes fermées* (Belfond, 1994).
79.

DESBORDES-VALMORE Marceline (Douai, Nord, 1786 – Paris, 1859)

Sa famille ayant été ruinée par la Révolution, Marceline Desbordes s'embarqua avec sa mère pour rejoindre une riche cousine en Guadeloupe – où sa mère mourut. De retour en France, elle épousa le comédien Valmore et mena une vie difficile, assombrit par les deuils : elle vit mourir le premier de ses cinq enfants, plus tard ses filles, son petit-fils, ses amies... On comprend que sa poésie soit marquée

par la tristesse ; mais les plus grands poètes ont tenu à lui rendre hommage, comme le firent Lamartine, Vigny, Hugo, Verlaine, Aragon (*Élégies, Marie et Romances,* 1818 ; *Poésies,* 1820, 1822, 1824 ; *Les Fleurs,* 1833). *Ses Œuvres poétiques* ont été réunies en 1973 (Presses Universitaires de Grenoble).
45, 188.

DESNOS Robert (Paris, 1900 – Camp de Terezin, Tchécoslovaquie, 1945)
Après son enfance passée dans le quartier populaire des Halles, alors au centre de Paris, Robert Desnos participa à toutes les activités du groupe surréaliste dont il fut l'un des plus authentiques poètes, avant de se séparer d'André Breton (1930), sans rien perdre de sa fantaisie et de ses dons poétiques qui se retrouvent dans les slogans publicitaires dont il est l'auteur (La Marie-Rose : « *La mort parfumée des petits poux* »). Pendant l'occupation allemande, il participa activement à la Résistance. Arrêté par la Gestapo (22 février 1944), torturé, déporté, il mourut du typhus le 8 juin 1945, alors que son camp venait d'être délivré. Poète aux dons multiples, Robert Desnos est l'un des plus grands du XXe siècle : sa poésie est riche d'images, de trouvailles, de fantaisie, comme le prouvent ses délicieuses *Chantefables* (Gründ, 1944). Ses nombreux recueils ont été réunis dans une édition de La Pléiade (Gallimard).
37.

DESNOUES Lucienne (Lucienne Dietsch, dite) (Saint-Gratien, Val d'Oise, 1921)
Elle était secrétaire quand elle publia son premier

recueil, *Jardin délivré,* en 1947. Elle fut alors encouragée par Colette. Depuis, elle a été reconnue comme l'un des poètes majeurs du XXe siècle. Sa versification, très classique, est celle d'une virtuose, mais elle n'abolit jamais sa vive sensibilité. Entre l'exubérance de la nature et les réalités quotidiennes de l'existence, elle goûte la vie, la saveur des mots et des choses. Elle évoque aussi bien la pâtisserie et la lessive que la garrigue provençale : *La Fraîche* (Gallimard, 1959), *Le Compotier* (Enfance heureuse, 1982), *Anthologie personnelle* (Actes Sud, 1998).
192.

DESPAX Jean-Luc (Lombez, Gers, 1968)
Alors qu'il était étudiant à l'Université de Toulouse, Jean-Luc Despax obtint le Prix Arthur-Rimbaud réservé à un jeune poète. Après avoir enseigné en Espagne, il est devenu professeur de lettres en région parisienne. Sa poésie au ton direct est toujours musicale, ses images fortes n'excluent pas un discret humour : *Grains de beauté* (Maison de Poésie, 1991), *Équations à une inconnue* (*id.,* 1994).
160.

DESPERT Jehan (Versailles, Yvelines, 1921)
Auteur d'une œuvre importante de critique artistique, musicale et poétique, Jehan Despert est avant tout un poète couronné par de nombreux prix. C'est sur sa suggestion que le département des Yvelines porte ce nom. Sa poésie est harmonieuse et riche d'images : *Sel*

(Gerbert, 1988), *Quartz* (*id.*, 1988), *Gemmes* (*id.,* 1994).
213.

DU BELLAY Joachim (Liré, Maine-et-Loire, 1522 – Paris, 1560)
Avec Ronsard et quelques amis, il fit partie de la Pléiade qui renouvela la poésie à la Renaissance. Du Bellay présenta les idées du groupe dans sa *Défense et illustration de la langue française* (1549). Il fut secrétaire de son oncle le cardinal Jean du Bellay et il le suivit à Rome (1553-1557), mais ce séjour lui fut pénible, bien qu'il découvrît alors les richesses de l'Antiquité romaine. Il mourut encore jeune. Sa poésie, d'abord très idéaliste, se fit plus personnelle et plus sensible. On y trouve des chefs-d'œuvre restés célèbres (*Les Antiquités de Rome,* 1558 ; *Les Regrets, id., Divers Jeux rustiques, id.*).
193.

DUPRAY Micheline (Marsainvilliers, Loiret, 1927)
Après avoir été enseignante, Micheline Dupray s'est consacrée à la création littéraire et son œuvre a été récompensée par de nombreux prix. Sa poésie est d'une grande sensibilité : *Herzégovine* (1977), *Trains amers* (1981), *Crier l'absence* (1990).
217, 218.

ÉCOUCHARD-LEBRUN Ponce-Denis (Paris, 1729-1807)
Protégé par le prince de Conti, il acquit grâce à ses *Odes* et à ses *Élégies* une renommée si grande qu'il fut surnommé « Lebrun-Pindare ». Généreux, il recom-

manda une nièce de Corneille à Voltaire. Opportuniste, il fut royaliste, robespierriste, puis bonapartiste. Poète abondant, sa meilleure veine est celle des épigrammes (il en aurait composé plus de six cents).
152.

ELIOT Thomas Stearns (Saint Louis, États-Unis d'Amérique, 1888 – Londres, Grande-Bretagne, 1965)
Écrivain de théâtre et poète de langue anglaise, il reçut le Prix Nobel de littérature en 1948. Ami des chats, ils lui inspirèrent un charmant recueil, *The old Possum's book of practical cats* (Faber, Londres, 1939. Traduction française : *Chats !,* Nathan, 1983).
30.

ÉLUARD Eugène Grindel, dit Paul (Saint-Denis, Seine-Saint-Denis, 1895 – Paris, 1952)
Il participa activement au groupe surréaliste dans les années 20, mais dès cette époque il se révéla comme un émouvant poète d'une grande sensibilité. Poète engagé contre le fascisme et le nazisme dès 1933, il fut l'un des grands poètes de la Résistance à l'occupation allemande. Sa poésie, riche d'images, possède un ton personnel très caractéristique. Tout en utilisant le vers libre, elle reste très construite (*L'amour la poésie,* Gallimard, 1929 ; *Au rendez-vous allemand,* Éditions de Minuit, 1944 ; *Poésie ininterrompue,* Gallimard, 1946). Ses poèmes sont réunis dans ses *Œuvres complètes* (*id.,* La Pléiade, 1968).
92, 163.

FERRAN Pierre (L'Isle-Jourdain, Gers, 1930 – Paris, 1989)
Il a été l'auteur d'une œuvre variée, souvent ironique, marquée par un humour qui caractérise la sensibilité et la tradition des poètes de l'école fantaisiste (*Bestiaire fabuleux,* Magnard, 1983).
23.

FLORIAN Jean-Pierre Claris de (Florian, Gard, 1755 – Paris, 1794)
C'est son grand-oncle, Voltaire, qui lui fit connaître les *Fables* de La Fontaine vers sa dixième année. Il devint ensuite militaire, et ses comédies lui apportèrent un peu de renommée. Bien qu'ayant d'abord adhéré aux principes de la Révolution, il en condamna les excès. Arrêté en 1794, la chute de Robespierre le sauva de la guillotine, mais il mourut peu après. L'une de ses chansons, *Plaisir d'amour* (musique de Martini) est restée si célèbre qu'on la croit anonyme. Mais ce sont ses *Fables* (1792) qui assurent sa renommée littéraire. Plusieurs ne sont pas inférieures à celles de La Fontaine, à qui, parfois, on fait l'erreur de les attribuer ; c'est dire leur réussite.
22.

FOMBEURE Maurice (Jardres, Vienne, 1906 – La Verrière, Yvelines, 1981)
Après une enfance campagnarde, il entra à l'école normale de Poitiers et il devint professeur. Poète de l'Ouest, il fut proche des amis de René Guy Cadou, mais resta très indépendant. Sa poésie manifeste sa connivence avec la nature, les paysans. D'une grande simplicité d'écriture, elle est toujours riche d'images et d'humour : *Les Moulins de la parole*

(La Hune, Lille, 1936) ; *À dos d'oiseau* (Gallimard, 1942) ;
À Chat petit (*id.,* 1967).
56.

FORT Paul (Reims, Marne, 1872-Argenlieu, Essonne, 1960)
Venu à Paris à l'âge de dix-sept ans, il participa au symbolisme, fonda le *Théâtre d'Art* en 1890 et diverses revues,
dont *Vers et prose* (1891). Ses *Poèmes et Ballades* marquent
son entrée en poésie à partir de 1887. Ses vers sont disposés comme de la prose, mais ce sont bien des poèmes, toujours rythmés, le plus souvent rimés. Il a réuni toutes ses
œuvres sous le titre général des *Ballades françaises,*
17 tomes. Quelques-uns de ses poèmes sont devenus
immensément populaires, comme *Les Baleines* ou *La ronde
autour du monde.*
149.

GAMARRA Pierre (Toulouse, Haute-Garonne, 1919)
Ayant fait à l'université de Toulouse des études interrompues par la guerre, il participa à la Résistance à l'occupation allemande. Devenu journaliste à Paris, il écrivit des
pièces de théâtre et des poèmes. Sa poésie est simple, chantante, harmonieuse : *Un Chant d'amour* (Henneuse, 1959) ;
Des Mots pour une maman (Enfance heureuse, 1984) ;
Romances de Garonne (Messidor, 1990).
128.

GAUTIER Théophile (Tarbes, Hautes-Pyrénées, 1811
– Neuilly, Hauts-de-Seine, 1872)
Attiré d'abord par la peinture, il l'abandonna pour la poésie. Avec son gilet rouge, il fut l'un des meneurs des roman-

tiques à la première d'*Hernani* de Victor Hugo (1830). Ses premiers poèmes, dans le goût romantique, unissaient le pittoresque de la description à l'étrangeté des légendes. Par la suite, il rechercha une perfection formelle qui annonçait les poètes parnassiens. Charles Baudelaire lui dédia ses *Fleurs du mal* (1857), car il apparaissait alors comme un maître (*Émaux et camées,* 1858).
118.

GUICHARD-MEILI Jean (Paris, 1922-1994)
Conservateur à la Bibliothèque nationale, Jean Guichard-Meili a écrit de remarquables études sur l'art et il a collaboré à de nombreux journaux et revues. Sa poésie unit la banalité apparente du quotidien à l'imagination débordante, le langage ordinaire à la plus fertile invention ; *L'avant-sommeil* (Coprah, 1979) ; *Journal sans je* (Belfond, 1981) ; *Thesaurus* (Calligrammes, 1985).
209.

GUILBAUD Luce (Jard-sur-Mer, Vendée, 1941)
Elle a découvert lors d'un séjour en Guyane l'exotisme, le goût de la peinture, le plaisir d'enseigner. Elle est peintre et écrivain, professeur d'arts plastiques. Sa poésie est d'une grande sensibilité, elle s'inspire de la nature, elle met en liaison la personne individuelle et les forces cosmiques : *Une Journée quelques mots simples* (Le Dé bleu, 1992), *La petite feuille aux yeux bleus* (*id., 1993), Le Cœur antérieur* (*id.,* 1998).
206.

GUILLEVIC Eugène (Carnac, Morbihan, 1907-Paris, 1997)
Il fit carrière de fonctionnaire des Finances. Pendant
l'occupation allemande, il participa au recueil clandestin
anti-nazi *L'Honneur des Poètes*. Sa poésie s'est faite de plus
en plus laconique, dépouillée, dans une production abondante. Elle se réclame d'une philosophie matérialiste, mais
l'on y devine cependant une quête métaphysique (*Terre à
bonheur*, Seghers, 1952).
113.

HALLER Claude (Nancy, Meurthe-et-Moselle, 1932)
Directeur d'école normale, inspecteur, en France métropo-
litaine et outre-mer, Claude Haller a publié des contes et
des poèmes. Il a obtenu le Prix de poésie pour la jeunesse
du ministère de la Jeunesse et des Sports et de la Maison
de Poésie pour son recueil *Poèmes du petit matin* (Hachette, Le Livre de Poche Jeunesse, « Fleurs d'encre »,
1994).
52.

HEURTEBIZE Vital (Verquières, Bouches-du-Rhône, 1933)
Ancien instituteur, devenu inspecteur de l'Éducation
nationale, Vital Heurtebize a fondé et il dirige la revue
L'Étrave. Il est président de la Société des Poètes français. Il participe généreusement au développement de
l'instruction en Afrique. Ses recueils sont nombreux, sa
poésie à la fois fraternelle et inspirée par un puissant
sens cosmique (*Dialogue avec Dieu, Le Temps majeur,
Paroles de vie*).
143.

HOUDELOT Robert (Nancy, Meurthe-et-Moselle, 1912 – Paris, 1997)

Après des études de droit, Robert Houdelot devança l'appel pour venir à Paris où il devint l'ami de ses grands aînés du groupe des fantaisistes, et notamment de Francis Carco et de Philippe Chabaneix, tout en travaillant d'abord dans les assurances, puis au ministère des Finances. Poète de l'amour, il possédait le don du chant et de l'harmonie. Il est romantique par le cœur, classique par une technique impeccable, symboliste par les thèmes, inclassable comme tout vrai poète (*Le Laurier noir et autres poèmes,* La Maison de Poésie, 1991 ; *Silence de la mémoire, id.,* 1997).
161.

HUGO Victor (Besançon, Doubs, 1802 – Paris, 1885)

Génie précoce, il fut récompensé par l'Académie française à quinze ans. Il épousa Adèle Foucher en 1822 et publia son premier recueil cette même année. Il s'affirma comme le chef de l'école romantique avec la préface de son drame *Cromwell* (1827) et surtout la « Bataille » d'*Hernani,* le soir de la première (1830). Se tournant vers la politique, il devint républicain. S'opposant au coup d'État de Louis-Napoléon Bonaparte (1851), il dut s'exiler pendant près de vingt ans. De retour en France (1870), il devint un véritable symbole de la République. Il a excellé dans tous les genres (théâtre, roman, critique, récits de voyages, etc.). Il est le plus abondant, le plus varié, le plus étonnant des poètes français. Son œuvre est immense (*Les Feuilles d'automne,* 1832 ; *Les Châtiments,* 1856 ; *Les Contemplations, id. ; La Légende des siècles* 1859 ; *L'Art d'être grand-père,* 1877).
70, 131, 162, 170, 172, 180.

JAMMES Francis (Tournay, Hautes-Pyrénées, 1868 – Hasparen, Pyrénées-Atlantiques, 1938)
Fixé à Orthez, au Pays basque où il fut clerc de notaire, Francis Jammes vécut au milieu d'une nature qui inspira toute sa poésie. Elle est d'une savante naïveté qui se marque dans la forme par une apparente liberté, en fait une « irrégularité » très maîtrisée qui lui donne le charme de la spontanéité, de la fraîcheur, de la vérité de l'émotion. Sa poésie a été vite reconnue grâce à l'appui d'écrivains comme Mallarmé, Gide, Régnier, etc. (*De l'Angélus de l'aube à l'Angélus du soir,* Le Mercure de France, 1898 ; *Le Deuil des primevères et autres poèmes, id.,* 1901 ; *Les Géorgiques chrétiennes, id.,* 1912).
34.

JOUBERT Jean (Châlette-sur-Loing, Loiret, 1928)
Issu d'une famille de paysans et d'artisans, Jean Joubert devint professeur d'anglais, spécialiste des États-Unis. Romancier à succès, il reçut le Prix Renaudot et celui de la Fondation de France. Sa poésie, riche d'images, utilise aussi bien le vers régulier que le vers libre (*Les Lignes de la main,* Seghers, 1955 ; *Les Poèmes,* Grasset, 1977 ; *Les vingt-cinq heures du jour, id.,* 1987).
187.

JOURDAN Louis Bernard, dit Bernard (Ollioule, Var, 1918)
Instituteur dans l'école où il avait été élève, puis professeur, Bernard Jourdan a publié relativement peu, mais assez pour que se soit imposée une voix volontairement discrète et pourtant originale, celle d'un poète qui ne veut livrer au lec-

teur que des œuvres proches de la perfection : *Monologue de l'an* (Folle avoine, 1988 ; *Dix-sept élégies* (*id.,* 1992) ; *L'hiver qui vient* (La Maison de Poésie, 1998).
111.

KARIM Zohra (Méthouia, Tunisie, 1970)
Titulaire d'une maîtrise en administration économique et sociale, Zohra Karim a été lauréate du Prix Arthur-Rimbaud, du ministère de la Jeunesse et des Sports et de la Maison de Poésie, en 1995. Sa poésie est cocasse et tendre, désinvolte et fougueuse, comme l'a montré le recueil collectif *La Fleur de l'âge* (Maison de Poésie, 1996). Elle est également l'auteur de pièces radiophoniques et de spectacles de théâtre.
51, 88.

KIESEL Frédéric (Arlon, Belgique, 1923)
Docteur en droit, avocat puis journaliste, Frédéric Kiesel a fait de nombreux reportages à travers le monde. Ce grand voyageur connaît bien les pays lointains, mais sa poésie naît souvent de la simple observation au coin d'un champ, au bord d'une plage. Poésie du bonheur et de l'inquiétude, de la fragilité des jours, elle renvoie à des réalités intérieures : *Pâques sauvages* (Maison internationale de Poésie, 1974), *Nous sommes venus prendre des nouvelles des cerises* (Enfance heureuse, 1982), *L'autre regard* (L'Ardoisière, 1985).
150, 216.

LACROIX Marie-Hortense (Toulouse, Haute-Garonne, 1972)
Après des études supérieures dans une école d'ingénieurs

à Grenoble, Marie-Hortense Lacroix a obtenu un D.E.A. de sciences de la matière, tout en poursuivant des études musicales. Elle se consacre désormais entièrement à la musique et à l'écriture. Certains de ses poèmes ont été publiés en anthologies.
50.

LA FONTAINE Jean de (Château-Thierry, Aisne, 1621 – Paris, 1695)
Maître des Eaux et Forêts comme son père, il vint s'installer à Paris (1658). Protégé par le surintendant Fouquet jusqu'à la disgrâce du ministre (1661), La Fontaine a ensuite été au service de Madame, au palais du Luxembourg. Il fréquentait les salons et commença par écrire des *Contes et nouvelles* en vers (1664), puis des *Fables* à partir de 1668). Elles lui ont assuré une gloire constante depuis plus de trois siècles. Elles reprennent des modèles antiques, mais avec une fantaisie, une vivacité qui leur donnent une grande originalité.
76.

LAMARTINE Alphonse de (Mâcon, Saône-et-Loire, 1790 – Paris, 1869)
Son premier recueil, *Les Méditations poétiques* (1820), obtint un succès immédiat considérable et il marque les débuts de la poésie romantique. Il eut huit éditions en deux ans, neuf en trois ans. Lamartine devint diplomate, il fut élu à l'Académie française, il publia d'autres recueils. À partir de 1840, passé du royalisme légitimisme à la revendication libérale, il mena une carrière politique qui le conduisit à participer très activement à la Révolution de 1848, puis

à devenir ministre des Affaires étrangères. Mais il ne fut pas élu président de la IIe République. Il se consacra dès lors à la littérature. Sa poésie est d'une musicalité parfaite et toujours empreinte d'une grande émotion qu'il sait faire partager (*Harmonies poétiques et religieuses,* 1830 ; *Recueillements poétiques,* 1839 ; *La Vigne et la maison,* 1857).
73.

LANDER Daniel (Paris, 1929)
Réalisateur à la télévision d'émissions et de documentaires artistiques, il est l'auteur de nombreux recueils, en vers comme en prose, où s'allient la rigueur de la forme et la gravité de la méditation : *Centre de gravité* (Gallimard, 1959) ; *Alphabestiaire* (Enfance heureuse, 1980) ; *Les Choses comme elles sont* (Pour le Plaisir, EVO, Bruxelles, 1980) ; *Désert du temps* (Galerie Racine, 1998).
40.

L'ANSELME Jean (Longueau, Somme, 1919)
D'abord instituteur, puis détaché au ministère des Affaires étrangères, il fut chargé de promouvoir les œuvres et les écrivains français hors de nos frontières. Sa poésie occupe une place originale par son anticonformisme et son humour. Il revendique les droits et les merveilles de « l'art brut ». Il a publié de nombreux recueils, mélangeant prose et poésie : *La France et ses environs, L'Anselme à tous vents, Le Ris de veau* (tous ses recueils chez Rougerie).
88.

LA SOUJEOLE Claire de (Toulouse, Haute-Garonne)
Son œuvre poétique de grande qualité et d'une attachante

sensibilité a été récompensée par de nombreux prix littéraires. Sa poésie, d'une versification très classique, laisse toujours apparaître cette grande sensibilité et le frémissement de la passion : *Le Miel fait de lavande* (Le Miroir poétique, 1981), *Un Parfum de menthe sauvage* (*id.,* 1984), *Le Temps de vivre est le temps d'aimer* (La Maison de Poésie, 1944).
85.

LA TOUR DU PIN Patrice de (Paris, 1911-1975)
Descendant des rois d'Irlande et des comtes d'Auvergne, il a été très sensible aux paysages de la Sologne où il passa son enfance. Il fut célèbre dès son premier recueil, *La Quête de joie* (1933), dont le titre indique deux influences majeures : sa foi religieuse et le Moyen Âge. Il se consacra uniquement à la poésie, menant « une vie recluse en poésie » (*Une Somme de poésie,* Gallimard, I, 1946, II, 1959).
110.

LESTAVEL Jean (Malo-les-Bains, Nord, 1920)
Né en Flandre française, sur les rivages de la mer du Nord, Jean Lestavel a été influencé dans sa poésie par sa contrée natale. Il a travaillé à la formation des adultes et à l'animation de la vie associative. Sa poésie est sensible aux symboles qui traduisent un passage à partir de la réalité quotidienne vers une réalité plus haute, plus riche, vers un sacré toujours présent pour lui : *Les Arbres chantent* (La Maison de Poésie), *Itinérance* (Arcam, 1998).
158.

LIBERT Béatrice (Amay-sur-Meuse, Belgique, 1952)
Professeur de français et de théâtre, Béatrice Libert est éga-

lement animatrice en atelier d'écriture. Sa poésie est à la fois simple et passionnée, riche d'images et de symboles : *Baisers volés à Paul Éluard* (Vie ouvrière et Pierre Zech, 1989), *La Langue du désir et du désarroi* (L'Arbre à Paroles, 1991), *La Passagère* (Vie ouvrière et Pierre Zech, 1994).
159.

LORCA Federico García (Fuente Vaqueros, Espagne, 1898 – Grenade, Espagne, 1936)
L'un des plus grands poètes espagnols du XXe siècle fut fusillé par les troupes de Franco pendant la guerre civile, et cet assassinat est resté symbolique de la barbarie franquiste. Auteur de théâtre (*Noces de sang,* 1933), son recueil de poèmes *Romancero gitan* (1928) est resté justement le plus célèbre de ses livres.
194.

LORRAINE Bernard Diez, dit Bernard (Greux-Domrémy, Vosges, 1933)
Après avoir séjourné douze ans en Amérique latine où il travaillait pour les Alliances françaises, Bernard Lorraine est revenu enseigner en France. Sa poésie, en de nombreux recueils, est forte, drue, parfois violente, toujours exacte, toujours soulevée par une indignation généreuse. Elle peut être pamphlétaire, mais aussi pleine de tendresse et de douceur. Il fait entendre une voix originale : *Le Temps comme il vient* (La Maison de Poésie, 1991), *Ombre du temps* (*id.,* 1995), *Chansons de la lune noire* (*id.,* 1998).
54, 71, 195.

MALLET Robert (Paris, 1915)
Blessé à la guerre en 1939, prisonnier, évadé, il participa activement à la Résistance. Après la guerre, il se consacra d'abord à la littérature, puis il mena une brillante carrière universitaire qui l'amena à être recteur de l'Université de Paris, chancelier des universités. Sa poésie sait suggérer le mystère avec une grande simplicité de moyens (*Quand le miroir s'étonne,* Gallimard, 1970 ; *Cette plume qui tournoie, id.,* 1988).
74.

MARTINEAU Mathilde (Paris, Seine, 1951)
Des études supérieures de lettres et d'art l'ont menée à l'écriture de poèmes qui ont été publiés dans diverses anthologies et à une évocation des milieux littéraires et artistiques des années 1870 (*Bonjour Monsieur Blémont !,* La Maison de Poésie, 1998).
98.

MAXIME-LÉRY (1888-1968)
Auteur dramatique et comédien (il interpréta notamment le rôle de Cyrano), il fut également poète. Ses meilleurs ouvrages ont été ses *Fables* (1937 et 1953).
20.

MÉNACHÉ (Lyon, Rhône, 1941)
La famille de Michel Ménassé (son véritable nom) est originaire de la communauté sépharade de Constantinople. Il est professeur de lettres à Annecy. Il a été confondateur du groupe et de la revue *Arpo 12,* et de la revue *Impulsions.* Poète et chroniqueur, il aime créer des poèmes-objets inso-

lites et fantasques. Sa poésie est toujours forte et originale : *Ascension du silence* (IÔ, Le Bibelot, 1992), *Célébration de l'œuf* (VR/SO, 1992), *Goudron de nuit* (IÔ, Le Bibelot, 1994).
201.

MENANTEAU Pierre (Le Boupère, Vendée, 1895 – Versailles, Yvelines, 1992)
Après une enfance campagnarde, puis l'épreuve de la Première Guerre mondiale, Pierre Menanteau fit carrière dans l'enseignement, comme professeur, ensuite directeur d'écoles normales, et inspecteur de l'Éducation nationale. Sa poésie est toujours restée fidèle à l'esprit d'enfance et à la nature des pays de l'Ouest, attentive aux êtres, au temps, aux saisons, aux merveilles du quotidien comme aux rêves dans une totale générosité (*Le Cheval de l'aube,* 1951 ; *Au rendez-vous de l'arc-en-ciel,* Enfance heureuse, 1981). *Pour un enfant poète* (Fleurs d'encre, Hachette, 1997) réunit trois de ses recueils : *Bestiaire pour un enfant poète* (1958), *Herbier pour un enfant poète* (1960), *Légendaire pour un enfant poète* (1962).
185, 191, 199.

MENDÈS Catulle (Bordeaux, 1841 – Saint-Germain-en-Laye, 1909)
À l'origine du recueil du *Parnasse contemporain* (1866), ses romans et ses pièces de théâtre lui valurent un très grand succès. Sa poésie, précieuse et raffinée, renferme quelques réussites (*Philoméla,* 1863).
47.

MONJO Armand (Cavaillon, Vaucluse, 1919 – Paris, 1998)
Après avoir participé à la Résistance dans les Hautes-Alpes,
Armand Monjo enseigna l'italien. Sa poésie, très sensible
aux forces de la nature, exprime aussi une recherche plus
philosophique du sens du monde : *Univers naturel* (Seghers, 1965), *Quatre noms pour nos visages* (Pour le Plaisir, EVO-Pierre Zech, 1986), *Le Monde est mon cousin*
(L'Épi de seigle, 1998).
129.

MONNEREAU Michel (Cher, 1948)
Après ses études supérieures à Bordeaux, Michel Monnereau fut journaliste, parolier, critique. Il s'est surtout consacré à la poésie et il a publié dans de nombreuses revues. Il
a obtenu en 1992 le Prix de poésie pour la jeunesse du
ministère de la Jeunesse et des Sports et de la Maison de
Poésie, avec *Poèmes en herbe* (Milan, « Zanzibar », 1994).
Il a publié une dizaine de recueils de poèmes, parmi les-
quels *Le Parti pris d'en rire* (Rétro-viseur, 1993), *Le Passeur
de rives* (Froissart, 1995).
46.

MOREAU Jean-Luc (Tours, Indre-et-Loire, 1937)
Professeur à l'Institut des langues orientales, Jean-Luc
Moreau est un remarquable linguiste et ses traductions de
poèmes sont bien connues. Sa poésie personnelle possède
une grâce précieuse et rare, elle est transparente, tout en
évoquant la nature, nos liens avec les forces cosmiques, en
faisant appel à l'occasion à l'humour. C'est une poésie toujours savoureuse *La Bride sur le cœur* (La Maison de Poésie, 1990), *Devinettes* (Hachette Jeunesse, 1991), *Poèmes de*

la souris verte (Hachette, Le Livre de Poche Jeunesse, « Fleurs d'encre », 1992).
18, 36, 102, 204.

MOZART Wolfgang Amadeus (Salzbourg, Autriche, 1756-1791)
L'un des plus grands et des plus célèbres compositeurs (opéras, symphonies, sonates, concertos, etc.).
69.

MUSSET Alfred de (Paris, 1810-1857)
Élevé dans une famille cultivée, il abandonna le droit et la médecine pour se consacrer à la littérature. Son camarade de lycée, Paul Foucher, frère de Mme Adèle Hugo, l'introduisit dans le cénacle romantique. Ses *Contes d'Espagne et d'Italie* (où il n'était jamais allé) le firent connaître (1829), puis son *Théâtre dans un fauteuil* (1832). Celui que l'on a surnommé « l'enfant terrible du romantisme » est un poète attachant, ses poèmes, légers parfois, mélancoliques toujours, sont d'une délicate harmonie (*Poésies,* 1840, 1850, 1852).
138, 140.

NAPOLÉON Bonaparte (Ajaccio, Corse, 1769 – Sainte-Hélène, 1821)
Jeune lieutenant en garnison à Valence, cet officier écrivit des poèmes, dont une fable (1786). Par la suite, le militaire et le politicien l'emportèrent, hélas, sur le poète. Il devint général, consul, empereur. Après avoir fait la guerre contre l'Europe entière, il fut déporté par les Anglais dans une

petite île de l'hémisphère Sud où il mourut.
24.

NERVAL Gérard Labrunie, dit Gérard de (Paris, 1808-1855)
Son père était médecin militaire dans l'armée napoléo-
nienne. Sa femme l'accompagna et mourut en Silésie
(1810). Orphelin à deux ans, Gérard Labrunie fut élevé par
son grand-oncle à Mortefontaine, dans le Valois, dont les
paysages l'enchantèrent toute sa vie. Il voyagea en orient,
mais sa raison fut ébranlée par « l'épanchement du songe
dans la vie réelle ». Il fut interné à plusieurs reprises. Il se
suicida dans la rue de la Vieille-Lanterne. Dans ses
moments de lucidité, il écrivit une œuvre poétique assez
mince, mais composée de chefs-d'œuvre qui illustrent la
part de rêve du romantisme et qui ont toujours eu une
grande influence sur les poètes depuis le milieu du
XIXe siècle : *Petits châteaux de Bohème,* 1853.
93, 107, 174.

NORAC Carl (Mons, Belgique, 1960)
Après avoir été professeur de français, Carl Norac s'est
consacré à sa création littéraire. Sa poésie est reconnue dès
son premier recueil, *Le Maintien du désordre* (Caractères,
1990). Grand voyageur, il a parcouru aussi bien l'Arctique
que l'Asie. Sa poésie a imposé sa force « entre le lyrisme et
un prosaïsme volontaire » : *Le Voyeur libre* (Les Éperon-
niers, 1995), *La Candeur* (La Différence, 1996).
99.

NORGE Georges Mogin, dit Géo (Bruxelles, Belgique, 1898
– Mougins, Alpes-Maritimes, 1990)

Après avoir été élève d'une institution jésuite, Norge devint courtier en drap, créa une troupe théâtrale, vint s'installer en France (1954) où il ouvrit un magasin d'antiquités. Sa poésie est puissante, abondante, passant de l'humour à l'inquiétude métaphysique, intensément jubilatoire ou hantée par la mort : *Les Râpes* (Seghers, 1959), *Eux, les anges* (Flammarion, 1978), *Le Stupéfait* (Gallimard, 1988).
75.

ORIZET Jean (Marseille, Bouches-du-Rhône, 1937)
Poète, écrivain et critique. Son œuvre est traduite en dix-huit langues. Il a publié une vingtaine de recueils de poèmes : *Poèmes* (Le Cherche Midi, 1990), *Hommes continuels* (Belfond, 1994), *La Poussière d'Adam* (Le Cherche Midi, 1997), etc. Il est également l'auteur de plusieurs anthologies, dont *L'Anthologie de la poésie française* (Larousse, 1988 et 1996).
20, 171.

ORLÉANS (Charles d'Orléans).
Voir : Charles d'ORLÉANS.

PAYSAN Annie Roulette, dite Catherine (Aulaines, Sarthe, 1926)
Son pseudonyme indique assez ses attaches terriennes, puisqu'elle fut élevée dans un village où sa mère était institutrice et son père, rescapé de la guerre, secrétaire de mairie. Elle fut institutrice elle-même, puis professeur, avant de se consacrer à la littérature et de rencontrer le succès avec son roman *Nous autres les Sanchez* (1961). Ses poèmes sont bien enracinés, traduisant une mystérieuse liaison du corps

et de l'âme avec les forces du cosmos (*Écrit pour l'âme des cavaliers,* Debresse, 1956 ; *La Musique du feu,* Denoël, 1967).
27.

POUTIERS Claire (Paris, 1977)
Ses études supérieures ont mené Claire Poutiers à soutenir un mémoire : *Le Masque et la nuit dans le théâtre de Shakespeare,* tout en écrivant des poèmes publiés en anthologies.
49.

PRÉVERT Jacques (Neuilly-sur-Seine, Hauts-de-Seine, 1900 – Omonville-la-Petite, Manche, 1977)
Interrompant ses études après son certificat, Jacques Prévert dut travailler très jeune. Dans la mouvance du surréalisme, avec son frère Pierre, il commença à écrire pour le cinéma, et il est l'auteur de scénarios et de dialogues de nombreux films. Mais il devint le poète le plus populaire du XXe siècle après la publication de son recueil *Paroles* (Le Point-du-Jour, 1946. Gallimard). Sa poésie séduit par son anticonformisme et sa profonde humanité, par son attention au quotidien et par sa simplicité, par ses poèmes d'amour comme par ses poèmes de révolte : Prévert est du côté de la vie (*Histoire,* Le Pré-aux-clercs, 1946 ; Gallimard, 1963 ; *La Pluie et le beau temps,* Gallimard, 1955). Ses *Œuvres complètes* ont été réunies en 1992 (Gallimard, La Pléiade).
48.

RENARD Jean-Claude (Toulon, Var, 1921)
Après ses études et des séjours en Suisse (1935), puis en Angleterre (1937-1938), il entra dans l'édition (1947) où il fit toute sa carrière. Son œuvre poétique marque son évolution spirituelle et ses recherches personnelles. Son cheminement spirituel met en jeu la foi et le doute, une religion en quête du Père, en des textes très denses parcourus par l'illumination de la poésie : *Juan* (Didier, 1945) ; *Père voici que l'homme* (Le Seuil, 1955) ; *Ce Puits que rien n'épuise* (*id.*, 1993).
215.

RIMBAUD Arthur (Charleville, Ardennes, 1845 – Marseille, Bouches-du-Rhône, 1891)
Très bon élève, mais élevé par sa mère avec une sévérité excessive, le jeune Arthur vint en septembre 1871 à Paris où l'appelait Paul Verlaine ; il apparaît en sa compagnie sur le célèbre tableau de Fantin-Latour *Le Coin de table* (1872). Grossier, violent, il fut mal accepté dans les milieux littéraires. Mais il séduisit Verlaine et les deux poètes errèrent en divers pays d'Europe, avant de se séparer à la suite d'un coup de revolver de Verlaine (1873). Rimbaud vagabonda alors à travers le monde, puis se fixa au Harrar où il travailla pour une maison de commerce (1880). Malade, il revint en France, fut amputé d'une jambe et mourut à l'hôpital. Son œuvre poétique (interrompue en 1875) lui a valu bien après sa mort une grande renommée, mais sa vie de révolté a donné naissance à un véritable mythe (*Une Saison en enfer,* 1873 ; *Illuminations,* 1886).
62, 91, 177, 219.

RONSARD Pierre de (Couture, Loir-et-Cher, 1524 – Saint-Cosme-lès-Tours, Indre-et-Loire, 1585)
Après une enfance au contact de la nature, Pierre de Ronsard devint page au service du Dauphin et des princesses royales. Frappé de surdité à quinze ans, il ne put poursuivre sa carrière dans les armes ou la diplomatie. Il se consacra à la poésie. Avec six autres amis, il fonda la Pléiade qui suscita notre Renaissance. Il devint « le Prince des Poètes ». Il fut nommé conseiller et aumônier ordinaire du roi (1558). Ses poèmes d'amour sont justement restés célèbres jusqu'à nos jours : *Les Odes* (1550-1552) ; *Les Amours de Cassandre* (1552) ; *La Continuation des Amours* (1555) ; *Sur la mort de Marie* (1578) ; *Sonnets pour Hélène* (*id.*).
190.

ROY Claude Orlan, dit Claude (Paris, 1915-1997)
À la guerre en 1939, mobilisé dans les chars, il est fait prisonnier, il s'évade et il entre dans la Résistance. À la Libération, il est journaliste et découvre l'horreur des camps de la mort allemands. Il quitte le parti communiste en 1957 lors de l'intervention soviétique en Hongrie. Il voyage à travers le monde. Il devient un écrivain reconnu, romancier, chroniqueur, poète. Sa poésie est l'une des plus évidentes de la fin du XXᵉ siècle : d'abord proche de la versification traditionnelle, mais avec une désinvolture, une fantaisie, une richesse peu communes, elle s'assouplit en restant toujours mélodieuse : *Le Poète mineur* (Gallimard, 1949), *Un seul poème* (*id.*, 1954), *Les Pas du silence* (*id.*, 1993). Il a écrit et illustré pour la jeunesse ses *Enfantasques*.
14, 21, 60, 135.

SABATIER Robert (Paris, 1923)
Orphelin, il fut élevé par un oncle et une tante, comme il l'a raconté dans son autobiographie romancée. Il travailla en poursuivant ses études et il imprima lui-même ses premiers poèmes (1939). Pendant l'Occupation, il rejoignit la Résistance. Il travailla ensuite dans l'édition. Ses poèmes, écrits dans une versification régulière (souvent en décasyllabes), sont d'un lyrisme discret, comme retenu, dont l'apparente transparence n'élucide cependant pas le mystère qu'il célèbre : *Les Fêtes solaires* (Janus, 1950 ; Albin Michel, 1955) ; *L'Oiseau de demain* (*id.,* 1981) ; *Les Masques et le miroir* (*id.,* 1998). Il a écrit une remarquable *Histoire de la poésie française* en 9 volumes (*id.,* 1975-1988). **58.**

SADELER Joël (Le Mans, Sarthe, 1938)
Professeur et animateur de poésie, Joël Sadeler a publié dans de nombreuses revues, ses poèmes ont été mis en musique par bien des compositeurs. Sa poésie est allègre, parfois cocasse, mais elle dénonce à l'occasion la lâcheté, la laideur, la violence, le racisme, avec une légèreté efficace ; *Le Nœud coulant* (L'Épi de seigle, 1995), *À battre la semelle* (Soc et Foc, 1998). Son recueil *L'Enfant partagé* (Le Dé bleu, 1998) a reçu le Prix de poésie pour la jeunesse. Il se veut « une sorte d'épicurien de la poésie qui invite volontiers petits et grands à partager les plaisirs des mots à sa table ». **117.**

SAINT-JEAN Jacqueline
Institutrice, puis professeur de lettres, Jacqueline Saint-

Jean a publié divers ouvrages sur la poésie et l'écriture. Elle a reçu le Prix de poésie pour la jeunesse en 1994 (*Entre lune et loup,* suivi de *Petite gardienne,* « Fleurs d'encre », Le Livre de Poche Jeunesse, Hachette, 1995).
211, 214.

SARTIN Pierrette (Guéret, Creuse)
Sa carrière internationale a amené Pierrette Sartin à être expert auprès de l'OCDE pour le travail féminin, auprès du Bureau international du travail pour le travail des jeunes, à être professeur invitée pendant treize ans à l'université Laval au Québec, etc. Mais ces livres d'études sociales, qui font autorité, n'ont pas empêché une remarquable création poétique qui, en plus de vingt recueils d'une poésie frémissante de sensibilité, a imposé une voix personnelle. *Ce long chemin* (Laudes, 1991), *Échos du silence* (La Bartavelle, 1994), *Ombres transies Adieu mirages* (*id.,* 1995).
155, 156.

SÉDIR Georges (1927)
Diplomate de carrière, il a longtemps vécu en Asie. Romancier, philosophe, critique et traducteur de grands écrivains polonais, il a publié de nombreux recueils de poèmes. *Pas* (1975), *Le Poème de la planète malade* (1978), *Est* (1981), *La Déesse noire* (1988).
108.

SÉVERAC Joseph Marie Déodat de (Saint-Félix-de-Caraman, Haute-Garonne, 1873-1921)

Élève de Vincent d'Indy à la Schola Cantorum, il devint compositeur (opéras, sonates).
67.

SIMÉON Jean-Pierre (Paris, 1950)
Agrégé de lettres modernes, il est professeur en Auvergne où il a créé, avec Gérard Bocholier, la revue *Arpa*. Dans sa poésie s'affirme la liaison de l'homme et du cosmos. L'amour renvoie à la nature. Les poèmes en prose sont fréquents. Les poèmes de facture traditionnelle sont d'une fraîcheur et d'une qualité particulière, sa poésie est toujours forte et généreuse.
112, 146.

SODENKAMP Andrée (Bruxelles, Belgique, 1906)
D'origine hollandaise par son père, elle se plaît à remarquer qu'elle eut une aïeule tzigane. Orpheline à sept ans, son oncle devint son tuteur, mais il fut tué à la guerre en 1918. Elle devint professeur (1928), puis inspectrice des bibliothèques publiques en Belgique (1959-1971). Elle ne commença à écrire qu'assez tard, mais la force et la simplicité de sa poésie la firent immédiatement reconnaître comme un grand poète de l'amour. Sa poésie est toujours restée à la fois simple et pathétique : *Les Dieux obscurs* (Éditions des Artistes, Bruxelles, 1958), *Femmes des longs matins* (De Rache, 1965), *C'est au feu que je pardonne* (*id.,* 1984), *Poèmes choisis* (Académie de Belgique, 1998).
127, 144.

STEVENSON Robert Louis Balfour (Édimbourg, Grande-Bretagne, 1850 – Vailéma, Samoa, Pacifique, 1894)

Romancier célèbre (*L'Île au trésor*), Stevenson publia en 1878 un recueil de poèmes inspiré par son enfance, qui est un devenu un « classique » de la littérature anglaise, *A Child's garden of verses* (*Jardin de poèmes pour un enfant*, « Fleurs d'encre », Hachette Jeunesse, 1992).
86, 100.

SUPERVIELLE Jules (Montevideo, Uruguay, 1884 – Paris, 1960)
Par une étrange coïncidence, trois poètes français naquirent à Montevideo. Jules Supervielle est l'un d'eux, avec Isidore Ducasse, « Comte de Lautréamont », et Jules Laforgue. Orphelin à huit mois, Supervielle fut élevé par un oncle et une tante qui vivaient en Amérique du Sud, mais il fit ses études en France (1894) et, par la suite, il partagea son temps entre ses deux pays. Hors du surréalisme, sa poésie est l'une des plus belles du XXe siècle. On y sent une puissante appartenance au monde, au cosmos, à la création. On y découvre un émerveillement complice avec la nature, les animaux, une alliance de la réalité et de l'imaginaire : *Débarcadères* (*Revue de l'Amérique latine,* 1922), *Gravitations* (N.R.F., 1925), *Fable du monde* (Gallimard, 1938), *Oublieuse mémoire* (*id.,* 1949).
15, 61.

TOULET Paul-Jean (Pau, Pyrénées-Atlantiques, 1867 – Guéthary, *id.*, 1920)
Orphelin de mère dès sa naissance, d'abord élevé dans le Béarn, il partit pour l'île Bourbon où avaient vécu ses ancêtres et où son père était retourné. Il s'installa à Paris

(1889), écrivit dans des journaux et revues, publia des romans. Il menait une vie de noctambule dont les excès furent si néfastes à sa santé qu'il en mourut. Mais sa poésie est d'une grande délicatesse. Il a été le créateur d'une forme poétique nouvelle, celle des « contrerimes », dont les quatrains alternent les vers de six et huit syllabes, mais les faisant rimer entre eux. Son œuvre a inspiré les poètes « fantaisistes » – mais il disparut sans voir ses poèmes rassemblés (*Les Contrerimes,* Le Divan, 1921). Ses *Œuvres complètes* ont été réunies en 1986 (Robert Laffont, « Bouquins »).
175.

TURBIN Charles Keller, dit Jacques (1843-1913)
Blessé pendant les combats de la Commune (1871), l'ingénieur Charles Keller dut s'exiler en Suisse jusqu'à l'amnistie de 1880. Il publia des poèmes de révolte sous un pseudonyme parlant (« travail » en argot) : *Du Fer, Poèmes et bardits* (1897) ; *À l'oreille* (1889) ; *La Grève générale* (1906) ; *Marchons à la bataille* (1908).
21.

VALLOTTON Jean-Pierre (Genève, Suisse, 1955)
Professeur de l'enseignement des adultes, Jean-Pierre Vallotton a fait diverses traductions, dont celle du *Jardin de poèmes pour un enfant* de R.L. Stevenson (« Fleurs d'encre », Hachette Jeunesse, 1992). D'un ton général assez sombre, sa poésie, utilisant souvent le « poème en prose », renferme des images fortes où le rêve et la réalité se confondent : *Face aux ruines blanches de l'enfance* (L'Âge d'Homme, 1992), *Esquisse de Gisabel* (*id.,* Le Dé bleu-Le

Noroît, 1995), *Sommeils de givre, Sommeils de plomb* (Empreintes, 1998).
82, 87, 101.

VERLAINE Paul (Metz, Moselle, 1844 – Paris, 1896)
Employé à l'Hôtel de Ville de Paris, il commença par publier ses poèmes dans des revues et il participa au *Parnasse contemporain* (1866). Son premier recueil, *Poèmes saturniens* (1866), fut tiré à cinq cents exemplaires et payé par sa cousine. Il se maria en 1870, mais la venue d'Arthur Rimbaud à Paris en 1871 brisa le ménage. Les deux poètes partirent pour une longue errance qui s'acheva à Bruxelles en 1873, quand Verlaine blessa Rimbaud d'un coup de revolver. Il fut condamné à deux ans de prison ; il retrouva provisoirement sa foi catholique. De retour à Paris, sa renommée grandit auprès des jeunes poètes, mais il sombra peu à peu dans la misère, l'alcoolisme, la déchéance. Élu « Prince des poètes » en 1894, il mourut misérablement. Mais sa poésie reste pour nous un émerveillement : d'une grande sensibilité, d'un lyrisme pudique, elle est le plus bel exemple de la musicalité du vers français (*Fêtes galantes,* Lemerre, 1869 ; *Romances sans paroles,* Sens, 1874 ; *Jadis et naguère,* Vanier, 1884).
65, 72, 124, 200, 219.

VILDRAC Charles Messager, dit Charles (Paris, 1882 – Saint-Tropez, Var, 1971)
Fils d'un communard déporté en 1871, Charles Vildrac, dans cette tradition familiale, a toujours manifesté sa générosité. Après l'atrocité de la guerre de 1914-1918, sa poésie témoigne de ses désillusions et de sa colère. Il écrivit

pour le théâtre avec beaucoup de succès (*Poèmes,* Le Beffroi, Lille, 1906 ; *Livre d'amour,* Figuière, 1910 ; *Poèmes de l'Abbaye,* Le Sablier, 1925).
201.

VILLON François (Paris, 1431 – ? après 1463)
François de Montcorbier et des Loges emprunta son nom à Guillaume de Villon, chapelain de Saint-Benoît-le-Bétourné à Paris, à qui il avait été confié. Il fit de bonnes études à la Sorbonne et devint maître ès arts (1452). Mais il mena une vie dissipée. En 1445, à la suite d'une rixe, il tua un prêtre. Il obtint des lettres de rémission du roi Charles VII. Il mena une vie errante qui le conduisit un moment à Blois, pour participer à un concours poétique organisé par Charles d'Orléans. À nouveau impliqué dans une rixe, il fut condamné à mort (1465), et, dans l'attente du supplice, il écrivit sa *Ballade des pendus.* Gracié, banni hors de Paris, il disparut en province. Ce « mauvais garçon » nous a laissé environ 2 000 vers qui font de lui l'un de nos plus grands poètes, étrangement proche de nous par-delà les siècles : *Le Lai ou Petit Testament* (1454) ; *Le Testament* (1461) ; *Poésies diverses* (1457 à 1463).
178.

VOLTAIRE François-Marie Arouet, dit (Paris, 1694 – 1778)
Son pseudonyme est l'anagramme de *Arouet l. j.* (le jeune). Ayant écrit des épigrammes qui lui valurent d'être emprisonné à la Bastille (1717), il connut le succès avec sa première pièce, *Œdipe* (1718), et son épopée, *La Henriade* (1723). Bâtonné par les valets du chevalier de Rohan, il s'exila en Angleterre jusqu'en 1729. À son retour, ami de

Mme du Châtelet, protégé par Mme de Pompadour, il devint l'un des « philosophes » qui marquèrent le siècle de leurs écrits. Après un séjour à Potsdam à la cour de Frédéric II de Prusse, il se retira à Ferney, jouissant d'une popularité considérable. Ses œuvres sont nombreuses, variées, dans tous les genres. Sa poésie est plus philosophique ou plus spirituelle que vraiment poétique.
38.

WOUTERS Liliane (Ixelles, Belgique, 1930)
Née dans une famille modeste d'origine flamande, elle entra à l'École normale d'institutrice en 1944, puis elle enseigna jusqu'en 1980, se consacrant alors à la littérature. Ses recueils poétiques et ses œuvres dramatiques ont assuré sa renommée. Sa poésie s'est imposée par son exubérance baroque, sa richesse verbale, son ton passionné. Elle exprime les tourments de l'existence, l'inquiétude métaphysique, la rage de vivre et d'interroger le ciel, la nature, les vestiges du passé, les autres, soi-même : *La Marche forcée* (Éditions des Artistes, 1954) ; *Le Bois sec* (Gallimard, 1960) ; *Journal du Scribe* (Simoncini, 1986).
105, 220.

JACQUES CHARPENTREAU

Son œuvre poétique personnelle est importante, ses activités en faveur de la poésie sont
nombreuses, ses florilèges ont rendu la poésie
populaire. Sa poésie est connue et appréciée
partout ; elle est traduite jusqu'en Russie et
en Chine. Il dirige la collection « Fleurs
d'encre ».

Les plus beaux poèmes
d'hier et d'aujourd'hui

ont été choisis dans les recueils de la collection
Fleurs d'encre
Le Livre de Poche Jeunesse
dirigée par Jacques Charpentreau

Numéros

1021   *Demain dès l'aube...* Les cent plus beaux poèmes pour la jeunesse, choisis par les poètes d'aujourd'hui.

122   Joël Sadeler, *L'École des poètes*.

123   Pierre Coran, *Jaffabules*.

124   *L'Écharpe d'Iris*. Les plus beaux poèmes du Grand Prix de poésie pour la jeunesse.

125   *Les Éléments des poètes*. Poèmes choisis par Jacques Charpentreau.

126   Jacques Charpentreau, *Prête-moi ta plume*. Les plus beaux poèmes des plus grands héros.

127   *Les Animaux des poètes*. Poèmes choisis par Bernard Lorraine.

128   *Une Europe des poètes*. Poèmes choisis par Bernard Lorraine. Édition bilingue.

129   *La Cigale, le Renard et les autres*. Les plus belles fables françaises choisies par Jacques Charpentreau.

130   *Paraphes*. 50 poètes, 250 poèmes manuscrits inédits réunis par Jacques Charpentreau.

131   Simonne Charpentreau, *Berceuses de toujours*.

1032   Robert Louis Stevenson, *Jardin de poèmes pour un enfant*. Traduction de Jean-Pierre Vallotton. Édition bilingue.

133   Jean-Luc Moreau, *Poèmes de la souris verte*.

134   *Luttes et Luths*. 200 poèmes inédits sur le sport réunis par Jacques Charpentreau.

135   *L'Amitié des poètes.* 50 poètes contemporains, 160 poèmes inédits choisis par Jacques Charpentreau.

136   Gérard Bocholier, *Poèmes du petit bonheur.*

137   *À l'ami Carême.* Quatre-vingts poèmes de Maurice Carême.

138   Maurice Carême, *Au clair de la lune.*

139   Jacques Charpentreau, *Trésor de la poésie française. 1. Moyen Âge, XVIe et XVIIe siècles.*

140   Jacques Charpentreau, *Trésor de la poésie française. 2. XVIIIe et XIXe siècles.*

141   Jacques Charpentreau, *Trésor de la poésie française. 3. XXe siècle.*

1042   Claude Haller, *Poèmes du petit matin.*

144   Jacqueline Saint-Jean, *Entre lune et loup.*

145   Charles Baudelaire, *Poèmes choisis.*

146   Victor Hugo, *Poèmes choisis.*

147   Gérard de Nerval, *Poèmes choisis.*

148   Arthur Rimbaud, *Poèmes choisis.*

149   Paul Verlaine, *Poèmes choisis.*

1050   Gilles Brulet, *Poèmes à l'air libre.*

1051   *La Poésie des poètes.* 160 poèmes de 80 poètes choisis par Jacques Charpentreau.

1052   Alfred de Musset, *Poèmes choisis.*

1053   *La Ville des poètes.* 80 poètes contemporains, 200 poèmes inédits choisis par Jacques Charpentreau.

1054   Pierre Menanteau, *Pour un enfant poète. Bestiaire, Herbier, Légendaire.*

1055   Marceline Desbordes-Valmore, *Poèmes choisis.*

1056   Maurice Carême, *Pigeon vole.*

1057   *La Révolte des poètes.* 150 poèmes inédits choisis par Jacques Charpentreau.

1058.   *Le Rire des poètes.*

TABLE DES POÈMES

Jacques Charpentreau, Un bouquet de poèmes   7

Du soleil et des étoiles dans les yeux

Maurice Carême, Le chat et le soleil. *À l'ami Carême,* © Fondation Maurice Carême-Hachette, 1993 (137)*   13

Claude Roy, La demoiselle aux mains légères. Dans *Les Éléments des poètes,* © Hachette (125)   14

Jules Supervielle, Un bœuf gris de la Chine. *Le Forçat innocent,* © Gallimard, 1930 (127)   15

Luc Bérimont, Comptine de la Diane champêtre. *L'Herbe à tonnerre,* © Seghers-Les héritiers, 1958 (141)   16

* Les nombres indiquent le recueil dont est tiré le poème (voir la liste p. 268).

Jean-Luc Moreau, Quand le chat... *Poèmes de la souris verte,* © Hachette (133)   18

Jean Orizet, La mouche qui louche. *Poèmes recueillis dans la prairie,* Saint-Germain-des-Prés, 1978, © L'auteur (129)   20

Maxime-Léry, Un âne enseignait un ânon. *Fables,* © Droits réservés 1953 (129)   20

Jacques Turbin, Le premier singe. *À l'oreille,* 1889 (140)   21

Claude Roy, Le singe. *Enfantasques,* © Gallimard, 1974 (127)   21

Jean-Pierre Claris de Florian, La Guenon, le Singe et la Noix. *Fables,* 1792 (129)   22

Pierre Ferran, L'élixir pour les Gorilles. *Poèmes d'un loup-phoque,* Carnets poétiques, Niort, 1962, © Droits réservés (129)   23

Napoléon Bonaparte, Le Lapin, le Chien et le Chasseur. Valence, 1786. *Œuvres littéraires,* tome 1, 1888 (129)   24

Jean Anouilh, Napoléon et la Puce. *Fables,* © La Table ronde, 1962 (129)   25

Catherine Paysan, Chevaux. *La Musique du feu,* © Denoël, 1967 (127)   27

Maurice Carême, Le corbeau. *À l'ami Carême.* © Fondation Maurice Carême-Hachette, 1993 (137)   28

Thomas Stearns Eliot, The Naming of Cats.
Old Possum's book of practical cats,
© Faber and Faber, London, 1939 (128)   30

Thomas Stearns Eliot, Comment appeler son Chat.
Adaptation de Jacques Charpentreau, *Chats !,*
Nathan, 1982, © Le traducteur (128)   31

Francis Jammes, Le rat de ville. *Le Tombeau de
Jean de La Fontaine,* © Héritier Francis Jammes,
1921 (127)   34

Jean-Luc Moreau, Le tigre et le curé. *L'Arbre per-
ché,* © Éditions ouvrières, 1980 (127)   36

Robert Desnos, Le pélican. *Chanteſables et Chan-
teſleurs,* © Gründ, 1945 (127)   37

Voltaire, Le loup moraliste. *Mélange de poésies,*
Lausanne, 1772 (140)   38

Daniel Lander, L'hippopotame. Dans *L'Écharpe
d'Iris,* © Hachette, 1990 (124)   40

Gilles Brulet, Rhinocéros. *Poèmes à l'air libre,*
© Hachette, 1996 (1050)   40

Louis Aragon, Coq. *Le Nouveau Crève-Cœur,*
© Gallimard, 1948 (127)   41

Jacques Charpentreau, La prisonnière. *Prête-moi ta
plume,* © Hachette, 1990 (126)   42

Ouvrez aux enfants !

Marceline Desbordes-Valmore, Ouvrez aux enfants. *Poésies inédites,* Fick, Genève, 1860 (1055)   45

Michel Monnereau, La petite fille. Dans *L'Amitié des poètes,* © Hachette, 1994 (135)   46

Catulle Mendès, L'enfant et l'étoile. *Intermède* (1876-1882), *Choix de Poésies,* © Charpentier-Fasquelle, 1925 (1051)   47

Jacques Prévert, Le cancre. *Paroles,* Le Point du Jour, 1946, © Gallimard (141)   48

Claire Poutiers, Ma famille est formidable ! Dans *Le Rire des poètes,* © Hachette, 1998 (1058)   49

Marie-Hortense Lacroix, Dialogue entre mon Papa et sa voiture. *Id.*   50

Zohra Karim, Simplement. *Id.*   51

Claude Haller, Notre maison. *Poèmes du petit matin,* © Hachette, 1994 (1042)   52

Maurice Carême, Litanie des écoliers. *Pigeon vole,* © Fondation Maurice Carême-Hachette, 1998 (1056)   53

Bernard Lorraine, Patins à roulettes. Dans *Luttes et Luths,* © Hachette, 1992 (134)   54

Maurice Fombeure, Les écoliers. *Pendant que vous dormez,* © Gallimard, 1953 (122)   56

Robert Sabatier, La dictée. Dans *La Poésie comme elle s'écrit,* © Éditions ouvrières, 1979 (122)   58

Marc Alyn, La petite école. *Compagnons de la marjolaine,* © Éditions ouvrières, 1986 (122)   59

Claude Roy, L'enfant qui battait la campagne. *Enfantasques,* © Gallimard, 1974 (122)   60

Jules Supervielle, Mathématiques. *Gravitations,* © Gallimard, 1925 (122)   61

Arthur Rimbaud, Voyelles, 1871. *Poésies* (148)   62

Arthur Rimbaud. Fac-similé du manuscrit de Voyelles, 1871 (148)   63

Jean Cuttat, La récitation. *Les Couplets de l'oiseleur,* Cahiers de la Renaissance vaudoise, 1967 © Les héritiers (1051)   64

Paul Verlaine, Pantoum négligé. *Jadis et naguère,* 1884 (149)   65

Déodat de Séverac, Ma poupée chérie. *Mélodies* (131)   66

Wolfgang Amadeus Mozart et Jules Barbier, *Mon bel ange va dormir* (131)   69

Victor Hugo, Après la bataille. *La Légende des Siècles,* 1859 (146)   70

Bernard Lorraine, Les cerfs-volants. Dans *Les Éléments des poètes,* © Hachette, 1990 (125)   71

Paul Verlaine, Le ciel est... *Sagesse,* 1880 (149)   72

Alphonse de Lamartine, La fenêtre de la maison paternelle, 1816. Édition des souscripteurs, 1849-1850 (140)   73

Robert Mallet, Sans voir l'oiseau... Manuscrit. *Dans Paraphes,* © Hachette, 1991 (130)   74

Norge, Au petit bonheur. *Eux, les anges,* © Flammarion, 1978 (1021)   75

Jean de La Fontaine, La cigale et la fourmi. Dans *Fables,* livre 1, 1664 (129)   76

Libres enfants des fées

Anne-Marie Derèse, Je suis une enfant des fées. Dans *La Révolte des poètes,* © Hachette, 1998 (1057)   79

Guillaume Apollinaire, Nuit rhénane. *Alcools,* Le Mercure de France, 1913, © Gallimard (141)   80

Jean-Pierre Vallotton, Gens du voyage. Dans *L'Amitié des poètes,* © Hachette, 1994 (135)   82

Charles Cotin, Énigme. 1638 (139)   83

Pierre Boujut, Ils m'ont dit... *Conseils aux poètes,* La Tour de Feu, 1964, © Les héritiers (1051)   84

Claire de La Soujeole, Une voix dans la Ville. Dans *La Ville des poètes,* © Hachette, 1997 (1053)   85

Robert Louis Stevenson, The Land of Counterpane. *A Child's Garden of Verses,* 1885 (1032)   86

Robert Louis Stevenson, Le pays de l'édredon bleu. *Jardin de poèmes pour un enfant.* Traduction de Jean-Pierre Vallotton, © Hachette, 1992 (1032)   87

Zohra Karim, Défoncer les verrous. Dans *La Révolte des poètes,* © Hachette, 1998 (1057)   88

Jean L'Anselme, Vingt fois... Dans *La Cigale, le renard et les autres,* © Hachette, 1991 (129)   88

Louis Daubier, Ma poésie. *Au seuil de l'exil,* Maison internationale de poésie, 1992, © L'auteur (1051)   89

Arthur Rimbaud, Ma bohème, 1871. *Poésies* (148)   91

Paul Éluard, La parole. *Répétition,* Au Sans-pareil, 1922, © Gallimard (1051)   92

Gérard de Nerval, Fantaisie, 1832. *Odelettes* (147)   93

Luc Decaunes, Musique. Manuscrit. Dans *Paraphes,* © Hachette, 1991 (130)   94

Hélène Cadou, J'ose. Dans *La Révolte des poètes,* © Hachette, 1998 (1057)   95

Charles Baudelaire, L'albatros. *Les Fleurs du mal,* 1857 (145)   96

Mathilde Martineau, Ritournelle. Dans *La Révolte des poètes,* © Hachette, 1998 (1057)   98

Carl Norac, Se révolter. *Id.,* © Hachette, 1998 (1057)   99

Robert Louis Stevenson, A Good Play. *A Child's Garden of Verses,* 1885 (1032)   100

Robert Louis Stevenson, Un jeu très amusant. *Jardin de poèmes pour un enfant.* Traduction de Jean-Pierre Vallotton, © Hachette, 1992 (1032)   101

Jean-Luc Moreau, Chanson de l'ogre. *Poèmes de la souris verte,* © Hachette, 1992 (133)   102

Luc Decaunes, Les ferments. Dans *La Révolte des poètes,* © Hachette, 1998 (1057)   104

Liliane Wouters, Profils. Manuscrit. *Dans Paraphes,* © Hachette, 1991 (130)   105

André Chénier, Sans parents... Extrait de *L'Angleterre* (140)   106

Gérard de Nerval, Myrtho. Les Chimères. *Les Filles du feu,* 1854 (147)   107

Georges Sédir, Message troublant. Dans *La Poésie des poètes,* © Hachette, 1996 (1051)   108

Daniel Brugès, L'haltérophile. Dans *Luttes et Luths,* © Hachette, 1992 (134)   109

Patrice de La Tour du Pin, Le poète. *Une somme de poésie,* © Gallimard, 1946 (1051)   110

Bernard Jourdan, À peine ouvert le livre... Manuscrit. Dans *Paraphes*, © Hachette, 1991 (130)   111

Jean-Pierre Siméon, Ton poème. *La nuit respire,* © Cheyne, 1987 (1051)   112

Eugène Guillevic, Le beau. Manuscrit. Dans *Paraphes,* © Hachette, 1991 (130)   113

Le poids du temps

Joël Sadeler, Bascule... Dans *La Ville des poètes,*
© Hachette, 1997 (1053)   117

Théophile Gautier, Premier sourire du printemps.
Émaux et camées, Eugène Didier, 1852 (140)   118

Charles d'Orléans, Le Printemps. *Chansons et rondeaux,* XVe siècle (139)   120

Charles d'Orléans, L'Hiver et l'Été. *Id.* (139)   121

René Guy Cadou, Automne. *Les Amis d'enfance,*
Maison de la culture de Bourges, 1965. *Poésie la vie
entière,* © Seghers, 1978 (121)   123

Paul Verlaine, Chanson d'automne. *Poèmes saturniens,* Lemerre, 1866 (149)   124

Antoine-Vincent Arnault, La feuille. *Fables,* 1812
(140)   126

Andrée Sodenkamp, Noël. *Les Dieux obscurs,* Éditions des Artistes, 1958, © L'auteur (128)   127

Pierre Gamarra, Voici Noël, voici... Manuscrit.
Dans *Paraphes,* © Hachette, 1991 (130)   128

Pernette Chaponnière, La neige. Dans *L'Écharpe
d'Iris,* © Hachette, 1990 (124)   129

Armand Monjo, La cinquième saison. *Id.*   129

Victor Hugo, Saison des semailles. Le soir.
Les Chansons des rues et des bois, 1865 (146)   131

Sylvestre Clancier, Quand vient le soir. Dans
La Ville des poètes, © Hachette, 1997 (1053)   132

Claude de Burine, Lorsque la ville... *Id.*   132

Raoul Bécousse, La ville s'endort. *Id.*   133

Charles Baudelaire, Recueillement. *Les Fleurs du mal,* 1857 (145)   134

Claude Roy, La nuit. *L'Enfance de l'art,* Fontaine, Alger, 1942, © Gallimard (121)   135

Gilles Brulet, Le bout du monde. *Poèmes à l'air libre,* © Hachette, 1996 (1050)   136

Gérard Bocholier, Les enfants de la Terre. *Poèmes du petit bonheur,* 1991, © Hachette, 1992 (136)   137

Alfred de Musset, Pâle étoile du soir... *Poésies diverses,* 1831 (1052)   138

Alfred de Musset, Ballade à la lune. Extrait. *Contes d'Espagne et d'Italie,* 1830 (1052)   140

Marie Botturi, Le rêve de la lune. Dans *Le Rire des poètes,* © Hachette, 1998 (1058)   142

Vital Heurtebize, Matin triste. Dans *La Ville des poètes,* © Hachette, 1997 (1053)   143

Andrée Sodenkamp, Le matin est un œuf bleu. Dans *Le Rire des poètes,* © Hachette, 1998 (1058)   144

Jean-Pierre Siméon, La venue du jour. *La nuit respire,* © Cheyne, 1987 (141)   146

Pierre Coran, La vitre bleue. *Jaffabules,* © Hachette, 1990 (123)   147

Marc Alyn, Bien le bonjour ! Dans *L'Écharpe d'Iris,* © Hachette, 1990 (124)   148

Paul Fort, Les baleines. *Les Ballades françaises,* 1,
© Flammarion, 1897 (141)   149

Frédéric Kiesel, Je t'écris. Manuscrit. Dans
Paraphes, © Hachette, 1991 (130)   150

Antoine Antonucci, Le paresseux. Dans *L'Écharpe
d'Iris,* © Hachette, 1950 (124)   151

Ponce-Denis Écouchard-Lebrun, On vient de me
voler... *Épigrammes,* XVIIIe siècle (140)   152

Les joies et les peines

Pierrette Sartin, L'amitié. Dans *L'Amitié des poètes,*
© Hachette, 1994 (135)   155

Pierrette Sartin, L'ami. *Id.*   156

Philippe Delaveau, Parce que c'était lui... *Id.*   157

Jean Lestavel, À l'ami lointain. *Id.*   158

Béatrice Libert, Lettre à un ami. *Id.*   159

Jean-Luc Despax, Miami. *Id.*   160

Robert Houdelot, Mille ans. Manuscrit. Dans
Paraphes, © Hachette, 1991 (130)   161

Victor Hugo (Autre), Guitare. *Les Rayons et les
ombres,* 1840 (146)   162

Paul Éluard, Je te l'ai dit... *L'amour la poésie,*
© Gallimard, 1929 (141)   163

René Guy Cadou, La fleur rouge. *Hélène ou le
règne végétal,* © Seghers, 1952 (141)   164

Théodore de Banville, Le Thé. *Occidentales, Rimes dorées, Rondels,* 1875 (140) — 166

Louis Aragon, Les yeux d'Elsa. *Les Yeux d'Elsa,* La Baconnière, Neuchâtel, Suisse, 1942, © Jean Ristat (141) — 168

Victor Hugo, Viens ! – une flûte invisible... *Les Contemplations,* 1856 (146) — 170

Jean Orizet, Une élégante étincelle... Manuscrit. Dans *Paraphes,* © Hachette, 1991 (130) — 171

Clod'Aria, Les galants. *Les bons ménages,* Thélène, 1979, © L'auteur (129) — 171

Victor Hugo, À une femme. *Les Feuilles d'automne,* 1832 (146) — 172

Tristan Corbière, Rondel. *Rondels pour après. Les Amours jaunes,* 1873 (140) — 173

Gérard de Nerval, El Desdichado. Les Chimères. *Les Filles du feu,* 1854 (147) — 174

Paul-Jean Toulet, En Arles. *Chansons,* Le Divan, 1921 (141) — 175

Claude de Burine, L'exilé. *La Révolte des poètes,* © Hachette, 1998 (1057) — 176

Arthur Rimbaud, Le dormeur du val, 1871. *Poésies* (148) — 177

François Villon, L'épitaphe Villon (La Ballade des pendus), 1463 (139) — 178

Victor Hugo, Demain, dès l'aube... 1847. *Les Contemplations,* 1856 (121) — 180

Claude Michel Cluny, Fin d'une ville. Dans *La Ville des poètes,* © Hachette, 1997 (1053)   182

Ah ! que la terre est belle !

Pierre Menanteau, Ah ! que la terre est belle, *Pour un enfant poète (Bestiaire,* 1953), © Hachette, 1997 (1054)   185

Maurice Carême, Le temps des vacances. *Au clair de la lune,* © Fondation Maurice Carême-Hachette, 1993 (138)   186

Jean Joubert, Je te donne ce poème. *L'Amitié des poètes,* © Hachette, 1994 (135)   187

Marceline Desbordes-Valmore, Les roses de Saadi. *Poésies inédites,* Fick, Genève, 1860 (121)   188

René Guy Cadou, Pourquoi n'allez-vous pas à Paris ? *Le diable et son train,* 1949, *Poésie la vie entière,* © Seghers, 1977 (141)   189

Pierre de Ronsard, Mignonne, allons voir si la rose... *Les Odes,* 1550 (139)   190

Pierre Menanteau, Le vieux rosier. *Pour un enfant poète (Herbier,* 1960), © Hachette, 1997 (1054)   191

Gérard Bocholier, Jardin perdu. *Poèmes du petit bonheur,* © Hachette, 1992 (136)   192

Lucienne Desnoues, Le traître. Dans *L'Amitié des poètes,* © Hachette, 1994 (135)   192

Joachim Du Bellay, D'un vanneur de blé aux vents.
Divers Jeux rustiques, 1558 (139)   193

Federico García Lorca, Arbolé Arbolé. *Canciones,*
1927-1929, © Aguilar, Madrid, 1930 (128)   194

Federico García Lorca, Arbrisseau, arbrisseau.
Traduction de Bernard Lorraine. *Une Europe des
poètes,* Hachette, 1991, © Le traducteur (128)   195

Pierre Menanteau, Le tilleul. *Pour un enfant poète
(Herbier, 1960),* © Hachette, 1997 (1054)   199

Paul Verlaine, Green. *Romances sans paroles,*
Vanier, 1874 (149)   200

Ménaché, Parapente. *Luttes et Luths,* © Hachette,
1992 (134)   201

Charles Vildrac, Europe. *Chants du désespéré,*
© Gallimard, 1920 (128)   201

Alain Bosquet, Désillusion. Nouvelle version. *La
Révolte des poètes,* © Hachette, 1998 (1057)   202

René Guy Cadou, Celui qui entre par hasard...
1950. *Les Biens de ce monde,* © Seghers, 1951 (141)   203

Jean-Luc Moreau, Poème trouvé en rêve. *Poèmes
de la souris verte,* © Hachette, 1992 (133)   204

Luce Guilbaud, Le nuage. *La Ville des poètes,*
© Hachette, 1997 (1053)   206

Pierre Coran, Arc-en-ciel. *Jaffabules,* © Hachette,
1990 (123)   207

Jean Guichard-Meili, Quatrains atmosphériques.
Extraits. Dans *Paraphes,* © Hachette, 1991 (130)   208

Hélène Cadou, L'eau prise aux parois du verre. *Les Éléments des poètes,* © Hachette, 1990 (125) 210

Jacqueline Saint-Jean, Dans les coulisses de la pluie... *Entre lune et loup,* © Hachette, 1995 (144) 211

Jean Cuttat, Bateaux. *Luttes et Luths,* © Hachette, 1992 (134) 212

Jehan Despert, Natation. *Id.* 213

Jacqueline Saint-Jean, Dans la chambre cachée... *Entre lune et loup,* © Hachette, 1995 (144) 214

Jean-Claude Renard, Bien que la source... Manuscrit. Dans *Paraphes,* © Hachette, 1991 (130) 215

Frédéric Kiesel, La flaque. Dans *Les Éléments des poètes,* © Hachette, 1990 (125) 216

Andrée Chedid, Le Feu et l'Air, l'Eau et la Terre. *Id.* 216

Micheline Dupray, Le feu. *Id.* 217

Micheline Dupray, L'insoumise. Dans *La Révolte des poètes,* © Hachette, 1998 (1057) 218

Liliane Wouters, Les grains de sable. Dans *Les Éléments des poètes,* © Hachette, 1990 (125) 220

Les poètes de *Fleurs d'encre*. Index. 221

*

Les plus beaux poèmes d'hier et d'aujourd'hui : références de la collection « Fleurs d'encre » 268

Composition Jouve - 53100 Mayenne
N° 294133u
Imprimé en Italie par G. Canale & C. S.p.A. - Borgaro T.se (Turin)
Avril 2003 - Dépôt éditeur n° 33947
32.10.1862.5/04 - ISBN : 2.01.321862.1
Loi n° 49-956 du 16 juillet 1949 sur les publications destinées à la jeunesse
Dépôt légal : avril 2003